N5日語
聽解實戰演練

模擬試題 8 回 +1 回題型重點攻略解析

作者・張澤崇／獨立行政法人國際交流基金／
財團法人日本國際教育支援協會

譯者・黃彥儒
審訂・田中綾子

MP3
寂天雲 APP

如何下載 MP3 音檔

❶ 寂天雲 APP 聆聽：掃描書上 QR Code 下載
「寂天雲－英日語學習隨身聽」APP。加入會員
後，用 APP 內建掃描器再次掃描書上 QR
Code，即可使用 APP 聆聽音檔。

❷ 官網下載音檔：請上「寂天閱讀網」
（www.icosmos.com.tw），註冊會員／登入後，
搜尋本書，進入本書頁面，點選「MP3 下載」
下載音檔，存於電腦等其他播放器聆聽使用。

國家圖書館出版品預行編目 (CIP) 資料

N5 日語聽解實戰演練：模擬試題 8 回 +1 回題型重點攻略解析 (寂天雲隨身聽 APP 版) / 張澤崇, 獨立行政法人國際交流基金, 財團法人日本國際教育支援協會著；黃彥儒譯 . -- 初版 . -- 臺北市：寂天文化，2023.12

　　面；　公分

　ISBN 978-626-300-232-6 (16K 平裝)

　1.CST: 日語 2.CST: 能力測驗

803.189   112020201

N5 日語聽解實戰演練：
模擬試題 8 回 +1 回題型重點攻略解析

作　　　　　者	張澤崇／獨立行政法人國際交流基金／財團法人日本國際教育支援協會
試題解析作者	許夏佩／洪玉樹
譯　　　　　者	黃彥儒
審　　　　　訂	田中綾子
編　　　　　輯	黃月良
校　　　　　對	洪玉樹
內　文　排　版	謝青秀
製　程　管　理	洪巧玲
發　　行　　人	黃朝萍
出　　版　　者	寂天文化事業股份有限公司
電　　　　　話	2365-9739
傳　　　　　真	2365-9835
網　　　　　址	www.icosmos.com.tw
讀　者　服　務	onlineservice@icosmos.com.tw

＊ 本書原書名為《 速攻日檢 N5 聽解：考題解析＋模擬試題 》

出　版　日　期　2023 年 12 月　初版一刷（寂天雲隨身聽 APP 版）
郵　撥　帳　號　1998-6200　寂天文化事業股份有限公司

・ 訂書金額未滿 1000 元，請外加運費 100 元。
〔 若有破損，請寄回更換，謝謝。〕

目　錄

前　言

　　目前日檢的聽解測試目標著重在於測試應試者「進行某情境的溝通能力」，題數 N5 約 24 題，考試時間 30 分鐘，總分 60 分。掌握聽解分數，是通過新日檢的重要關鍵。

　　本書針對日檢聽解考試，量身設計了二大部分，讓考生能在短時間內有效率地做好聽解準備。

【Part 1】題型重點攻略＆詳細試題解析（一回）

▶ **題型重點攻略**：以「**試題型式**」、「**題型特色**」及「**解題技巧**」三個角度，徹底分析 N5 聽解項目「**課題理解**」、「**要點理解**」、「**發話表現**」及「**即時應答**」。讀者可以藉此了解考題型態、應考注意事項等等。

▶ **詳細試題解析（一回）**：一回合的試題解析中包含詳細的用語、文法、字彙說明，以及題意解析、中文翻譯。試題解析有助於考生精確掌握命題方向並迅速抓到考題重點、關鍵字句，藉此找到系統性出題規律。

【Part 2】聽解考題的模擬試題

▶ **多回模擬題**：分別收錄「**課題理解**」8 回、「**重點理解**」12 回、「**發話表現**」8 回、「**即時應答**」8 回。反覆練習模擬試題，能提升臨場應試能力，降低出錯率，達到在有限的時間內，獲取最高的成效！

▶ **分析考古題，精編模擬試題**：分析參考聽解考古題撰寫成本書的模擬試題內容。利用考古題為導引，掌握 N5 聽解的重點情境、試題用語、頻出命題的重點。

聽解項目型態說明

以下具體地說明 N5 的聽解項目。

N5 聽解問題大致分為兩大類形態：

第一種形態：「是否能理解內容」的題目。

N5 聽解中的「問題1」、「問題2」屬於此形態。

▶「問題 1」的「課題理解」：

應考者必須聽取某情境的會話或說明文，然後再判斷接下來要採取的行動，或是理解其重點，繼而從答案選項中選出答案。例如「家で勉強する部分はどこですか」、「学生ははじめに何をしますか」等等，應考者須根據考題資訊做出判斷。

▶「問題 2」的「要點理解」：

聽者必須縮小情報資訊範圍，聽取前後連貫的日文內容。例如「写真の中で、田中さんの妹はどのひとですか」、「明日の午後何をしますか」等等。這項考題需要能聽取必要資訊的技巧。

第二種形態：是「是否能即時反應」的題目。

N5 聽解中的「問題3」、「問題4」屬於此形態。第二類的考題測試的是「是否具有實際溝通的必要聽解能力」，所以考題是設定在接近現實的情境，可說是最具新日檢特徵的考題。

▶「問題 3」的「發話表現」：

測試應考者是否能立即判斷在某場合或狀況下，要說什麼適合的話。應考者必須根據插畫及聲音說明文，選擇適合該情境的說法。例如「レストランで店員を呼ぶとき、何と言いますか」、「友達の辞書を使いたいとき、何と言いますか」，從 3 個選項中選出正確答案。

▶問題 4 的「即時應答」：

測試應試者是否能判斷要如何回應對方所說的話。例如如果對方善意地問道「お国はどちらですか」時，應如何回答。

合格攻略密技

常有人問道，日檢的聽解要怎麼準備？

大家都知道，要參加考試的話，最基本的當然是具備符合該程度的字彙量以及文法知識。但是針對日檢聽解項目，具體來說應該怎麼做準備呢？

基本語感訓練： 聽力的項目尤其需要語感的培養，所以長期來說自行找自己有興趣的角度切入學習日文是最佳方法。無論是網路上隨手可得的線上新聞、YouTube，或是動漫、日文歌曲，還有教科書裡附的聽力練習等等，都可以達到效果。重點在於接觸的頻率要高，常常聽才能培養出自然天成的日文耳。

熟悉題型： 如果你時間有限，那麼反覆做模擬題是迅速累積實力的捷徑。各題型的重點相距甚遠，因此請務必一一練習。藉由大量的模擬題練習可以熟悉題型，同時縮短應試時需要的反應時間。

其中最大的效果是可以快速地強迫文法、字彙、聽力三者合而為一，讓原本看得懂但是傳入耳中陌生的字彙，以及使用不順的文法，在不斷的練習中順利融會貫通，效果就會反應在成績上。

重度聽力訓練： 最重度的訓練，要反覆聆聽音檔，直到聆聽當下，可以馬上反應出其意思為止。訓練要依下面的步驟進行：

Step1 不看文字直接聆聽，找出無法聽懂的地方。

Step2 閱讀聽力的「スクリプト」文字內容，尤其加強 Step1 聽不懂的地方。

Step3 再次聆聽音檔——這步驟中不可以看文字。直到你能夠完全聽清楚每字每句。

Step4 作答完本書中的試題後若仍有餘力,**請熟讀聽力原文**。使耳朵、眼睛得到的訊息合而為一的效果,學習過程中將能有效提升語彙、表達、和聽力方面的能力。

筆記密技:請養成專屬於自己的筆記密技,訓練自己熟練筆記技巧,才有辦法在緊湊的考試時間內,迅速記下重點。同時利用手腦並用的方式,提升自己考試時的注意力。有時候考試的各種干擾,會打散注意力,這時筆記的技巧就可以強迫自己專心,拉回思緒。

　　無論是長時間準備,或是短時間的衝刺,上述的應試密技一定能助大家順利高分通過考試!

N5 Part 1

問題一	課題理解	▶ 題型重點攻略
		▶ 試題解析

問題二	重點理解	▶ 題型重點攻略
		▶ 試題解析

問題三	發話表現	▶ 題型重點攻略
		▶ 試題解析

問題四	即時應答	▶ 題型重點攻略
		▶ 試題解析

問題 1 課題理解

題型重點攻略

試題型式

> 大題當頁印有「問題1」的說明文，以及「例」讓考生練習。

> 試題紙上列出4個答案選項。從4個選項中，選擇最適當的答案。

問題紙

もんだい 1

　もんだい1では　はじめに、それから　はなしを　きいて、もんだいようしの　1から4のなかから、ただしい　こたえを　ひとつ　えらんで　ください。

れい

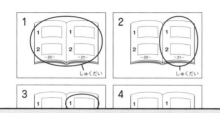

1. 喫茶店（きっさてん）のトイレです。

2. 駅（えき）のトイレです。

3. デパートのトイレです。

4. 図書館（としょかん）のトイレです。

> 試題紙上的選項，以圖示、文字等形式出題。

音檔

❶ 考試中，首先會播放「問題1」的說明文，以及「例」讓考生練習。

> もんだい1
>
> もんだい1では　はじめに、しつもんを　きいて　ください。それから　はなしを　きいて、もんだいようしの　1から4の　なかから、いちばん　いい　ものを　ひとつ　えらんで　ください。

002 **❷** **正文考題**：提問→會話短文→提問（約10秒的作答時間）

❸ 也就是說，題目會在對話內容開始前，和對話結束後各唸一次提問，總共會唸兩次。兩次提問之間，是一段完整的會話短文。

❹ 在問題結束後，會有約10秒的作答時間。

題型特色

❶ 「問題 1」佔聽解考題中的 7 題。

❷ 試題紙上有印選項。

❸ 大部分是雙人的日常對話。

❹ 出題內容包含詢問時間、日期、原因、差異，或下一步行動等等。

解題技巧

❶ 「問題 1」在試題紙上會提示 4 個選項，所以務必在聽力播出前略看一下選項，掌握考題方向。這個動作對理解會話內容有極大幫助。。

❷ 請仔細聆聽題目。本大題中有 2 次問題提問，如果漏聽了第一次，會話結束後，會再播送一次問題提問，務必掌握最後一次機會。因為就算能聽懂對話內容，沒聽懂考題要問哪個重點，也無法找出答案。

❸ 請一邊聆聽對話，一邊看試題紙作答。聽對話內容時，隨時逐一排除不可能的選項。

❹ 作答的當下請立刻畫卡，因為之後並沒有多餘的時間讓你補畫。

❺ 如果無法選出答案，請確認整篇對話中重複聽到最多次的單字，並直接選擇此單字所在的選項，如此一來便可以降低答錯的機率。

れい 🎧 003

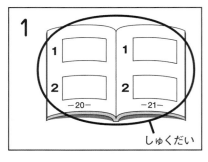
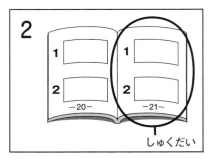
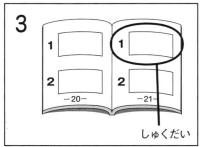
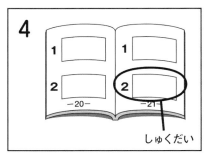

スクリプト

クラスで先生が話しています。学生は、今日、うちで、どこを勉強しますか。

F：では、今日は20ページまで終わりましたから、21ページは宿題ですね。

M：全部ですか。

F：いえ、21ページの1番です。2番はクラスでします。

学生は、今日、うちで、どこを勉強しますか。

老師在班上說話，學生今天在家要學習什麼地方？

女：那麼，今天就上到20頁，21頁是功課。

男：全部嗎？

女：不，是21頁的第1題，第2題在班上做。

學生今天在家要學習什麼地方？

內容分析

❶ 本題是女老師在課堂上指示回家作業的內容。4 個選項都是頁數與項目的組合。所以要特別留意提到哪個頁數、哪個項目。

❷ 第一個關鍵句是老師說了「21 ページは宿題ですね」。

❸ 後來男學生又問了一次「全部ですか」，女老師回答「いえ、21 ページの 1 番です。」所以選項 1 可以直接剔除。

❹ 女老師同時回答「 2 番はクラスでします。」，所以可以確定正確答案為3。

文法重點

❶ 「うちで、どこを勉強しますか」這裡的「で」表示做某動作的位置。在N5 程度裡「で」還可以表示動作的工具、手段、道具，表示界限等等。

● 友だちと公園で遊びました。（跟朋友在公園玩。）

● バスで学校に行きます。（搭公車去學校。）

● 果物の中でバナナが一番好きです。（水果裡，我最喜歡香蕉。）

❷ 「～まで終わりました」的「～まで」表示某動作、某狀態結束的點。而「～から始めます」則是表示表示某動作、某狀態開始的點。除此之外，「から～まで」也可以表示地點、時間的起始點及結束點。

● 今日から始めます。（從今天開始。）

● 授業は 9 時から 12 時までです。（上課時間從 9 點到 12 點。）

❸ 「～から～」的「から」是接續助詞，表示原因、理由。表示前項內容，是後項內容的原因。

● 風邪をひきましたから、今日は会社を休みました。
（我感冒了，所以今天沒有去上班。）

1 ばん 🎧 004

 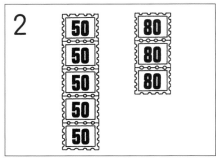

スクリプト

女の人と男の人が話してます。女の人はどの切手を何枚買いますか。

M：タンさん、すみませんが、切手を買ってきてください。

F：はい。

M：50円切手を3枚と、80円切手を5枚お願いします。

F：はい、50円切手3枚と、80円切手5枚ですね。

M：はい。

女の人はどの切手を何枚買いますか。

男女兩人正在交談。女人要買什麼樣的郵票幾張？

男：丹小姐，不好意思，請妳去幫我買一下郵票。

女：好。

男：麻煩妳幫我買3張50日圓的郵票，和5張80日圓的郵票。

女：好的，3張50日圓的郵票，和5張80日圓對吧？

男：對。

女人要買什麼樣的郵票幾張？

內容分析

❶ 本題是男士拜託女士去買郵票的內容。4 個選項都是 50 元跟 80 元的郵票，只是張數不一樣，所以要特別留意提到 50 元時的張數跟 80 元的張數。

❷ 第一個關鍵句是「50 円切手を 3 枚と、80 円切手を 5 枚お願いします」，後來女士又重複了一次「50 円 3 枚と、80 円 5 枚ですね」，所以可以確定正確的答案為 1。

文法重點

❶ 「動詞て形」的後面接上移動動詞的「来る」，以「V て＋来る」句型表示「去某個場所做某個動作，再回到原來的場所」。「切手を買ってきてください」就是「去買郵票回來」的意思。

● 彼女に会ってきます。（我去跟她見面就回來。）

❷ 這句話是「50 円切手を 3 枚と、80 円切手を 5 枚買ってきてください。お願いします」的省略說法。數量詞與助詞同時使用時，必須以「助詞＋數量詞」形式表達。

● 新しい雑誌を 1 冊買いました。（買了一本新的雜誌。）

❸ 「～枚」是用在數紙張、衣服等薄平東西的數量詞用法。「いちまい」「にまい」「さんまい」「よんまい」「ごまい」「ろくまい」「ななまい」「はちまい」「きゅうまい」「じゅうまい」。其他常用的還有：

　＊小物品的數量詞：「ひとつ」「ふたつ」「みっつ」「よっつ」「いつつ」「むっつ」「ななつ」「やっつ」「ここのつ」「とお」

　＊細長的東西：「～本」是用在數鉛筆、罐裝飲料等細長的東西。要注意 1、3、6、8、10 等數量的念法。「いっぽん」「にほん」「さんぼん」「よんほん」「ごほん」「ろっぽん」「ななほん」「はっぽん」「きゅうほん」「じゅっぽん／じっぽん」。

● 今朝りんごを 2 つ食べました。（今天早上吃了 2 個蘋果。）

● 缶ジュースを 5 本買ってきてください。（請幫我買 5 罐果汁過來。）

2ばん 🎧005

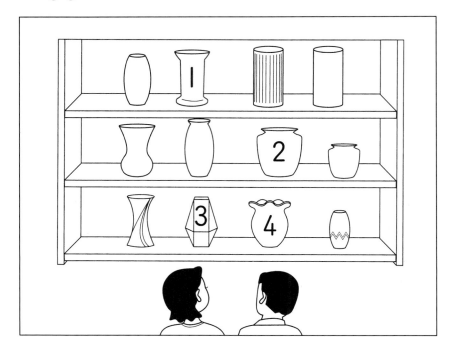

女の人と、男の人が話しています。男の人は、どれを見せますか。

F：すみません、その花びん、見せてください。

M：どれですか。

F：一番下の、右から2番目のです。

M：右から2番目ですね。

F：ええ。

男の人は、どれを見せますか。

男女兩人正在交談。男人給女人看哪一個花瓶呢？

女：不好意思，請讓我看一下那個花瓶。

男：哪一個呢？

女：最下面，從右邊數來第2個。

男：好，右邊數來第2個對吧？

女：對！

男人給女人看哪一個花瓶呢？

內容分析

❶ 這一題的重點是花瓶擺設的位置，總共有３層。

❷ 女士要男士給她看花瓶，所以要特別注意女士所指出的位置。

❸ 第一個關鍵句是「一番下の、右から２番目のです」，所以除了最下面一層外的２，３層就可以刪掉了。

❹ 而且女士指出「右から２番目のです」，男士又重複了一遍「右から２番目ですね」，所以毫無疑問地，４是正確的答案。

文法重點

❶ 「から」表示起點，意思是「從」。「數量詞＋～目」表示順序，是「第幾個」的意思。所以「右から２番目」就是「從右邊數來第２個」。

● 今日の授業は 15 ページから始めます。（今天的課從第 15 頁開始。）
● 大阪は日本で２番目に大きな都市です。（大阪是日本第二大的城市。）

❷ 「右から２番目のです」裡的「の」後面省略前面已經出現過的名詞「花びん」。會話中前面一句話已經提過物品，或是雙方都知道講的是某物品的話，物品的名稱就可以省略。

● それは陳さんの傘です。これは私のです。
（那把是陳同學的雨傘，這把是我的。）

❸ 「見せる」（給～看、讓～看。）。「Ｖ - てください」請對方做某個動作。

● 私の日記を誰にも見せないでください。
（請不要把我的日記給任何人看。）

3ばん

女の人と、男の人が話しています。男の人は、このあと、どうしますか。

F：パーティーに行きますか。
M：はい、勉強が終わってから行きます。
F：そう。だれかと一緒に行きますか。
M：うーん、そうですね…一人で行きます。

男の人は、このあと、どうしますか。

男女兩人正在交談。男人之後要做什麼？

女：你要去宴會嗎？
男：要啊，書念完之後就去。
女：這樣啊！你有要和誰一起去嗎？
男：唔⋯⋯。我一個人去。

男人之後要做什麼？

內容分析

❶ 重點是男士「念書」、「１人或是２人去舞會」的組合。注意聽男士所說出來的順序及１人、２人的差別。

❷ 第一個關鍵句是「勉強が終わってから行きます」，所以可以先刪掉第一個動作是去參加舞會的選項的３和４。

❸ 接下來的關鍵句是「一人で行きます」，所以很明顯地１是正確答案。

文法重點

❶ 「Ｖ-てから」有二個意思，一個是表達動作的先後順序；另一個是表達某動詞、某情況變化的起點。在這裡的「Ａてから Ｂ」是表示做完某個動作之後接著做其他的動作。「勉強が終わってから行きます」（念完書後去～）

● ニュースを見てからお風呂に入ります。（看完新聞報導後再洗澡。）

● 入学してから毎日忙しいです。（入學以來每天都很忙碌。）

❷ 「一人で」的「で」表示限定，沒有別人，就我一個人的意思。

● 来月みんなで一緒に遊びに行きましょう。（下個月大家一起去玩吧！）

❸ 「だれか」（某人）。表示不確定的任何一個人。

● だれか冷房をつけてください。（誰請幫我開一下冷氣。）

4ばん 🎧007

1. 57 ページ

2. 58 ページ

3. 59 ページ

4. 60 ページ

教室で、先生と学生が話しています。今日の授業は、本の何ページからですか。

M：では、授業を始めます。えー、今日は 60 ページからです。では、60 ページを見てください。

F：あのー、先生、先週は 57 ページまででした。

M：ああ、58 ページと 59 ページは、うちで読んでください。いいですか。では、始めましょう。

今日の授業は、本の何ページからですか。

老師和學生正在教室講話。今天要從課本第幾頁開始上？

男：那我們現在開始上課。今天從第 60 頁開始上。請大家看課本第 60 頁。
女：老師，上個禮拜上到第 57 頁。
男：喔！第 58、59 頁請大家自己在家看。可以嗎？那我們開始上課。

今天要從課本第幾頁開始上？

1. 57 頁
2. 58 頁
3. 59 頁
4. 60 頁

內容分析

❶ 這題的選項都是頁數，所以要特別注意有講到頁數的地方。

❷ 第一個關鍵句是老師所說的「今日は 60 ページからです」，其實這就是正確答案，不過後來出現一個陷阱，就是學生說的「先週は 57 ページまででした」，要注意不要掉入這個陷阱。

❸ 後來老師又說出第二個關鍵句「58 ページと 59 ページは、うちで読んでください」，所以可以肯定 4 是正確答案。

文法重點

❶ 「から」（由～、從～），表示起點。

● 先週（せんしゅう）から雨（あめ）が降（ふ）っています。（從上個禮拜開始就一直在下雨。）

❷ 「まで」（到～）表示動作、事物達到的空間，數量的界限。

● 展覧会（てんらんかい）は先週（せんしゅう）の日曜日（にちようび）まででした。（展覽是到上個禮拜天為止。）

❸ 這裡的「いいですか」是向對方進行確認時使用，其敬語形式是「よろしいですか。」。「いいですか」也有徵求對方的同意，問對方自己能不能做某件事的意思。

● カードでいいですか。（可以刷卡嗎？）

21

5ばん 🎧 008

1. 今から、教室に行きます。

2. 後で、教室に行きます。

3. 先生の部屋で、待ちます。

4. 後で、先生の部屋に来ます。

女の人と、男の人が話しています。女の人は、このあとどうしますか。

F：あの、すみません。ここは山田先生の部屋ですか。

M：はい、そうです。

F：山田先生は…。

M：あ、今、2番の教室で授業中です。えーと、3時に終わりますけど。

F：あ、そうですか。じゃあ、また後で来ます。

女の人は、このあと、どうしますか。

男女兩人正在交談。女人之後要怎麼做？

女：不好意思，請問這裡是山田老師的房間嗎？

男：是的。

女：山田老師他在……。

男：啊！現在正在2號教室上課，3點下課。

女：喔！這樣啊！那我待會兒再來。

女人之後要怎麼做？
1. 現在去教室。
2. 待會兒去教室。
3. 在老師的房間等。
4. 待會兒來老師的房間。

內容分析

❶ 本題的問題是問女士接下來會去哪個地方，因此要注意女士所講的話。一共有「教室」與「部屋」兩個場所。

❷ 一開始女士去的地方是「山田先生の部屋」，但是山田先生在教室上課。關鍵句是最後她講的「じゃあ、また後で来ます」，正確答案為 4，其餘的都不正確。

文法重點

❶ 「N＋〜中」可以讀作「〜ちゅう」，表示正在做某事情、某狀態持續中，還有「期間＋〜中」表示在某一期間內。

● 課長は今電話中です。（課長現在在電話中。）

● 冬休み中に北海道に行きました。（在寒假中去了北海道。）

但是如果「N＋〜中」讀作「〜じゅう」，意思就是整個區域全部，或是整段時間全部。

● 世界中を旅行したい。（我想要到全世界旅行。）

● 一日中仕事をしました。（一整天在工作。）

❷ 「じゃあ、また後で来ます」的「じゃあ」（那麼就〜），等於「じゃ」，是「では」的口語形，用在語氣轉折的時候。「また」是副詞，是「又、再」的意思。

● じゃ、また会いましょう。（那麼，我們再見面吧！）

6 ばん 🎧 009

1. 熱<small>あつ</small>いコーヒー

2. 熱<small>あつ</small>い紅茶<small>こうちゃ</small>

3. 冷<small>つめ</small>たい水<small>みず</small>

4. 冷<small>つめ</small>たいお茶<small>ちゃ</small>

女<small>おんな</small>の人<small>ひと</small>と、男<small>おとこ</small>の人<small>ひと</small>が話<small>はな</small>しています。女<small>おんな</small>の人<small>ひと</small>は、このあと、何<small>なに</small>を持<small>も</small>ってきますか。

F：鈴木<small>すずき</small>さん、何<small>なに</small>か飲<small>の</small>みますか？コーヒー？紅茶<small>こうちゃ</small>？

M：そうですねー。あのー、お水<small>みず</small>をお願<small>ねが</small>いします。

F：お水<small>みず</small>？

M：ええ、熱<small>あつ</small>い飲<small>の</small>み物<small>もの</small>はちょっと…。

F：それでは、冷<small>つめ</small>たいお茶<small>ちゃ</small>はどうですか。

M：あ、そうですね。お願<small>ねが</small>いします。

女<small>おんな</small>の人<small>ひと</small>は、このあと、何<small>なに</small>を持<small>も</small>ってきますか。

男女兩人正在交談。女人之後會端什麼來？

女：鈴木,你有要喝什麼嗎？咖啡？紅茶？

男：唔……,請妳給我一杯水。

女：水？

男：對,我不喝熱的飲料……。

女：那冰茶如何？

男：好啊！麻煩妳了。

女人之後會端什麼來？

1. 熱咖啡
2. 熱紅茶
3. 冰水
4. 冰茶

内容分析

❶ 本題是問男士要喝什麼飲料。

❷ 第一個關鍵句是男士說的「お水をお願いします」，之後他還說了「熱い飲み物はちょっと…」，就是不想喝熱飲的意思。

❸ 於是女士建議他「それでは、冷たいお茶はどうですか」，這是第二個關鍵句。

❹ 最後男士說了「お願いします」，就是接受了對方的提議。於是可以肯定女士建議的「冷たいお茶」被男士所接受，因此正確答案為 4。

文法重點

❶ 在日文的會話中，常見到省略句子一部分的表現方式。有時候是省略主語、受詞、助詞等等，但有時候也會省略述語。如果是省略述語的話，要特別掌握說話者的語調，需要根據一般情況、經驗去判斷正確語意。本篇會話中的「お水？」「熱い飲み物はちょっと…」均是省略的表現。

● お国はどちらですか。→お国は？（語尾上揚，表示疑問）

　（您的國家是哪裡？）

❷ 「熱い飲み物はちょっと…」後面話沒說完的表現方式，「ちょっと」表達的是說話者猶豫或是想要婉拒別人。

● A：あした一緒に映画を見に行きませんか。（明天要不要一起去看電影？）

　B：あしたはちょっと……。（明天有點……。）

❸ 「どうですか」用在想徵詢對方的意見感想、向對方提案，用「Nはどうですか」的句型來問。

● この靴はどうですか。（這鞋子如何？）

● 今日は都合が悪いので来週はどうですか？（今天不方便，下個禮拜可以嗎？）

7 ばん 🎧 010

1. 東京駅の前の郵便局です。

2. 山中駅の前の郵便局です。

3. 東京のデパートです。

4. 山中のデパートです。

男の人と女の人が会社で話しています。男の人はどこで手紙を出しますか。

M：これから東京のデパートに行きます。

F：あっ、そうですか。東京へ行くとき、郵便局でこの手紙を出してくれませんか。

M：えーっと、山中駅の前にありましたよね？

F：ええ。すみません。お願いします。

男の人はどこで手紙を出しますか。

男女兩人正在公司交談。男人在哪裡寄信？

男：我現在要去東京的百貨公司。

女：這樣啊！你去東京的時候，可以幫我到郵局把這封信寄出去嗎？

男：唔，山中車站前面有郵局對吧？

女：對。不好意思。麻煩你了。

男人在哪裡寄信？

1. 東京車站前面的郵局。
2. 山中車站前面的郵局。
3. 東京的百貨公司。
4. 山中的百貨公司。

內容分析

❶ 題目問「男の人はどこで手紙を出しますか」，所以要聽清楚男士寄信的地點。對話裡共出現 4 個地點，分別是東京的百貨公司、東京、郵局及山中站前。

❷ 第一個關鍵句是「東京のデパートに行きます」，其重點是東京的百貨公司是男士原本要去的地方。

❸ 第二個關鍵句是「東京へ行くとき、郵便局で手紙出してくれませんか」，所以寄信的地方是郵局，時間點是前往東京的時候。

❹ 男士說的「山中駅の前にありましたよね」就是最後的關鍵，表示山中站前有郵局。寄信一定得去郵局，所以選項 3、4 先刪除，選項 1 雖提到郵局，卻不是正確所在地。所以正確答案是 2「山中站前的郵局」。

文法重點

❶ 「AときB」表示A是B動作、狀態的時間。以「Vる／Vた＋とき～」接續。如果是接「Vる＋とき～」的話，表示A動作完成之前，或是同時並行的時候，發生B。如果是接「Vた＋とき～」的話，表示A動作完成後，發生B。

● 会社に来るときコンビニでコーヒーを買いました。

（來公司時，在超商買了咖啡。）

● 会社に来たとき、1階で課長に会いました。（來到公司時，在 1 樓碰到課長。）

❷ 「地點＋で」表示在某地點做某動作；「～にあります」則是表示非生命物存在的地方。因為二者均翻成「～在」，所以容易被混淆。

● 食堂で昼ご飯を食べます。（要在食堂吃午餐。）

● 駅の前にコンビニがあります。（車站前有超商。）

❸ 「～よね」表示說話者針對自己不太確信的內容，向對方確認。如果是名詞句的話，男士會在前面加「だ」，女士則不會。

● このレストランは禁煙だよね。　→男

● このレストランは禁煙よね。　→女

重點理解

題型重點攻略

試題型式

> 大題當頁印有「問題 2」的說明文，以及「例」讓考生練習。

> 試題紙上列出 4 個答案選項。從 4 個選項中，選擇最適當的答案。

問題紙

もんだい 2

もんだい 2 では　はじめに、それから　はなしを　きいて、もんだいようしの　1 から 4 の　なかから、ただしい　こたえを　ひとつ　えらんで　ください。

れい

1 としょかん
2 えき
3 デパート
4 レストラン

> 試題紙上的選項，以圖示、文字等形式出題。

音檔

❶ 考試中，首先會播放「問題 2」的說明文，以及「例」讓考生練習。

> もんだい 2
>
> もんだい 2 では　はじめに、しつもんを　きいて　ください。それから　はなしを　きいて、もんだいようしの　1 から 4 の　なかから、いちばん　いい　ものを　ひとつ　えらんで　ください。

❷ **正文考題**：提問→會話短文→提問（約 10 秒的作答時間）

❸ 也就是說，題目會在對話內容開始前，和對話結束後各唸一次提問，總共會唸兩次。兩次提問之間，是一段完整的會話短文。

❹ 在問題結束後，會有約 10 秒的作答時間。

❶ 「問題 2」佔聽解考題中的 6 題。

❷ 對話內容和題目類型與前一大題「課題理解」的差異並不明顯，但是 N4 以上，此單元在對話播出之前，有 20 秒左右的時間可以閱讀選項，但是 N5 沒有特別留閱讀選項的時間。

❸ 選項以文字、圖像等形式出題。N4 以上，此單元選項以文字居多。

❹ 大部分是雙人的日常對話。

❺ 出題內容包含詢問理由或原因，或是詢問對話相關細節等等，必須找出其關鍵訊息作答。

解題技巧

❶ 「問題 2」在試題紙上會提示 4 個選項，所以務必在聽力播出前先**略看一下選項，掌握考題方向**。這個動作對理解會話內容有極大幫助。。

❷ **仔細聆聽題目**。本大題中有 2 次問題提問，如果漏聽了第一次，會話結束後，會再播送一次問題提問，務必掌握最後一次機會。因為就算能聽懂對話內容，沒聽懂考題要問哪個重點，也無法找出答案。

❸ 一邊聆聽對話，一邊看試題紙作答。聽對話內容時，隨時**逐一排除不可能的選項**。

❹ 作答的當下請立刻畫卡，因為之後並沒有多餘的時間讓你補畫。

❺ 如果無法選出答案，請確認整篇對話中重複聽到最多次的單字，並直接選擇此單字所在的選項，如此一來便可以降低答錯的機率。

れい 🎧 013

1 としょかん

2 えき

3 デパート

4 レストラン

スクリプト

男の人と女の人が話しています。男の人は昨日、どこへ行きましたか。男の人です。

M：山田さん、昨日どこかへ行きましたか。
F：図書館へ行きました。
M：駅のそばの図書館ですか。
F：はい。
M：僕は山川デパートへ行って、買い物をしました。
F：え、私も昨日の夜、山川デパートのレストランへ行きましたよ。
M：そうですか。

男の人は昨日、どこへ行きましたか。

男士與女士在談話，男士昨天去了哪裡？是問男士。

M：山田小姐昨天有去哪裡嗎？
F：我去了圖書館。
M：車站旁的圖書館嗎？
F：是的。

M：我去了山川百貨公司購物。
F：喔！我昨天晚上去了山川百貨的餐廳喔！
M：這樣啊！

男士昨天去了哪裡？

內容分析

❶ 本題是敘述男士、女士昨天去了什麼地方，所以要特別留意提到哪些地點。

❷ 第一個關鍵句是女士說了「図書館へ行きました。」，這是女士說的。

❸ 第一個關鍵句是後來男士提到「僕は山川デパートへ行って、買い物をしました。」。這就是正確答案。

❹ 女士聽了之後，接著說「山川デパートのレストランへ行きましたよ。」，但是這是女士去的地點，不是男士。所以可以確定正確的答案為 3。

文法重點

❶ 「疑問詞＋か」表示不確定，一般以「はい、いいえ」回答，但是在口語中，常省略了「はい、いいえ」，導致與一般的疑問句混淆。如果是一般的疑問句，則要針對問句明確回答。

● どこかへ行きましたか。→（はい、行きました。）図書館へ行きました。

● どこへ行きましたか。→図書館へ行きました。

❷ 「ＶてＶ」表示動作的順序。

● 京都へ行って、お寺を見に行きました。（我去京都，去看了佛寺。）

❸ 「～え」這裡是表示驚訝的語氣。「～も」表示「類比」。

● え、佐藤さんはきのう京都に行きましたか。私も行きました。

（喔！佐藤小姐昨天去了京都嗎？我也去了。）

1 ばん 🎧 014

1. きのうまで

2. きょうまで

3. あしたまで

4. あさってまで

男の人と女の人が話しています。男の人はいつまで休みですか。

M：いやあ、きのうも今日もゆっくりしたね。
F：ええ、あしたも休み？
M：そう。
F：あさっては？
M：あさってからまた会社。
F：そう、大変ね。

男の人はいつまで休みですか。

男女兩人正在交談。男人休假到何時？

男： 昨天和今天都過得好悠閒。
女： 哦！明天也有放假嗎？
男： 對啊！
女： 那後天呢？
男： 後天開始又要上班了。
女： 這樣啊！真辛苦。

男人休假到何時？

1. 到昨天
2. 到今天
3. 到明天
4. 到後天

內容分析

❶ 問題是「男の人はいつまで休みですか」，所以要特別注意男士所講的內容。

❷ 第一個關鍵句是男士自己說的「きのうも今日もゆっくりしたね」，因此1跟2就可以刪除了。

❸ 接下來女士問說「あしたも休み？」，男士回答「そう」，表示女士講的沒錯，但是出現了決定性的關鍵句就是接下來男士說了「あさってからまた会社」，所以必須刪除4，因此正確答案是3。

文法重點

❶ 「…も…も」表示「両者都…」；「ゆっくり」表示「慢慢、不著急；安穩、舒適、安靜」

　● リンゴも葡萄も体にいい果物です。（蘋果跟葡萄都是對身體很好的水果。）

❷ 「いやあ」（哎呀）是感嘆詞，通常是男性使用。是說話的開頭用語，沒有什麼特別的意思。其他類似表現還有：

　Ⓐ「あの、あのう」（這個～）是與別人搭話時的開頭語詞，表現出遲疑、緩衝的語氣。

　Ⓑ「ええと」（嗯～）則是想不起來下句話該說什麼的時候，就可以用「ええと」來緩衝銜接後面的句子。

❸ 本會話通篇是普通形表現，具有明顯的口語會話特徵，像是「去掉句子的結尾」：

　● 明日も休み？→明日も休みですか。

　● あさっては？　→あさってはどうですか。

❹ 「あしたも休み？」「そう」：這裡的「そう」是指「そうです」，表示同意對方的說法。

　「そう、大変ね」：這裡的「そう」是指「そうですか」，意思是「是嗎？」，有輕微地反問的意思。

　● Ａ：日本語能力試験はあした？（日語能力考試是明天嗎？）

　　Ｂ：そう。（是啊。）　→同意對方的說法

2 ばん 🎧015

<ruby>女<rt>おんな</rt></ruby> の<ruby>人<rt>ひと</rt></ruby>が<ruby>話<rt>はな</rt></ruby>しています。<ruby>女<rt>おんな</rt></ruby> の<ruby>人<rt>ひと</rt></ruby>は、レストランで、どのように <ruby>働<rt>はたら</rt></ruby>きますか。

F ：わたしは、<ruby>日曜日<rt>にちようび</rt></ruby>に<ruby>父<rt>ちち</rt></ruby>のレストランで <ruby>働<rt>はたら</rt></ruby>いています。10<ruby>時<rt>じ</rt></ruby>ご ろお<ruby>店<rt>みせ</rt></ruby>に<ruby>行<rt>い</rt></ruby>って、お<ruby>店<rt>みせ</rt></ruby>の<ruby>花<rt>はな</rt></ruby>に<ruby>水<rt>みず</rt></ruby>をやります。それから、テー ブルの<ruby>上<rt>うえ</rt></ruby>をきれいにします。11<ruby>時<rt>じ</rt></ruby>にお<ruby>店<rt>みせ</rt></ruby>が<ruby>開<rt>ひら</rt></ruby>いてから、お<ruby>皿<rt>さら</rt></ruby> をたくさん<ruby>洗<rt>あら</rt></ruby>います。<ruby>本当<rt>ほんとう</rt></ruby>に<ruby>大変<rt>たいへん</rt></ruby>です。

<ruby>女<rt>おんな</rt></ruby> の<ruby>人<rt>ひと</rt></ruby>は、レストランで、どのように <ruby>働<rt>はたら</rt></ruby>きますか。

女人正在講話。女人在餐廳的工作內容是什麼？

女：我星期日在爸爸的餐廳工作。大約 10 點的時候到店裡，為店裡的花澆水，然後 將餐桌清乾淨。11 點開店之後，就要洗一大堆盤子。真的很辛苦。

女人在餐廳的工作內容是什麼？

內容分析

❶ 這題的選項分別都是「給花澆水」、「把桌子擦乾淨」、「洗碗盤」的組合。題目的圖中有箭頭標出動作的順序，所以是要答題者選出正確的順序。

❶ 第一個關鍵句是「お店の花に水をやります」，所以可以刪掉３及４。

❶ 第二個關鍵句是「それから、テーブルの上をきれいにします」，所以可以確定２是正確的答案。最後的關鍵句「お皿をたくさん洗います」，印證了２是正確無誤的。

文法重點

❶ 類似的順序考題，常見的表達方式有：

Ⓐ ＶてＶて～：兩個以上的動作連續發生時，其動作的先後順序。

● 渋谷に行って、友達と映画を見て、コーヒーを飲みました。
（去了澀谷跟朋友看了電影，喝了咖啡。）

Ⓑ それから：接續詞，是「其次、然後」的意思。

● さっき銀行へ行きました。それから、買い物に行きました。
（剛才去了銀行，然後，去買了東西。）

Ⓒ Ｖ - てから：「Ａ＋てから＋Ｂ」表示Ａ動作結束後，才接著進行Ｂ動作。

● 洗濯をしてから出かけます。（洗完衣服後才出門。）

❷ 「やる」（給予）其使用對象是平輩、晚輩或比自己低下的人或物。
「花に水をやる」就是「給花澆水」的意思。

● 犬にえさをやります。（餵狗吃狗食。）

❸ な形容詞後面接動詞時，產生副詞作用，用來修飾動詞。以「な形容詞＋に＋動詞」方式接續。

● テーブルをきれいにしてください。（請將桌子收拾乾淨。）

3 ばん

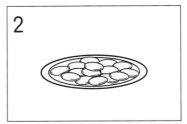
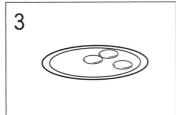
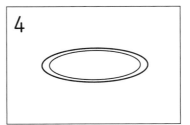

男の人と女の人が、パーティーで話しています。今、お菓子はどうなっていますか。

M：このお菓子、おいしいですよ。
F：あ、そうですか。どこにありますか。
M：あそこです。あ、あと少ししかありませんよ。
F：あ、そうですね。

今、お菓子はどうなっていますか。

男女兩人正在聚會上交談。現在點心的份量如何？
男：這個點心好好吃喔！
女：這樣啊！放在哪裡啊？
男：在那邊。不過只剩一點點喔！
女：對耶。

現在點心的份量如何？

內容分析

❶ 本題的選項是舞會上的點心現在剩下的情況。分別是「多」、「普通」、「少」、「完全沒有」，要從中選出一個他們所描述的分量。

❷ 第一個關鍵句是男士說了「あと少ししかありません」後，女士也講了第二個關鍵句「あ、そうですね」來同意男士的說法，所以可以判定只剩下一點點的 3 是正確答案。

文法重點

❶ 「～よ」是提示訊息的句尾助詞，表示告訴對方不知道的訊息的語氣。另外同樣是句尾助詞的「～ね」則是表示針對雙方知道的訊息，向對方的確認等語氣，或是表示感嘆、提醒的語氣。

● 明日会社は休みですよ。（明天公司休假喔！）

● 今日は暑いですね。（今天好熱啊！）

❷ 「あと」是副詞，是「還有～」的意思。「しか」是係助詞，後面接否定，表示限定，是「只、僅」的意思。

● あと 5 分で着きます。（還有 5 分鐘就會抵達。）

● 今 100 円しか持っていません。（我現在只有 100 日圓。）

❸ 「どう」是副詞，是「如何、怎麼樣」的意思。「なっています」是「なる」（變成、成為）的「V - ている」形式，表示目前的狀態。

● この道具をどう使いますか。（這個道具怎麼使用？）

● ホームページは新しくなっています。（網頁更新了。）

4 ばん

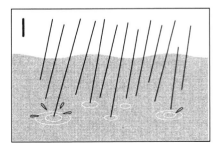

男の人と女の人が、外を見ながら話しています。今朝は、どんな天気でしたか。今朝の天気です。

M：雨は、まだ降っていますか。

F：ええ。寒いから、夜は雪になるでしょうね。

M：えーん、困ったな。今朝は、晴れていましたから、傘を持ってきませんでした。

F：ああ、わたしもです。今朝は、本当にいい天気でしたから。

今朝は、どんな天気でしたか。

男女兩人正一邊看著外面一邊交談。今天早上的天氣如何？今天早上的天氣。

男：還在下雨嗎？
女：對啊！天氣這麼冷，晚上會下雪吧！
男：真傷腦筋耶。今天早上天氣很好，所以我沒帶傘。
女：我也是。因為今天早上的天氣真的很好。

今天早上的天氣如何？

內容分析

❶ 本題的選項是 4 個天氣圖，要注意天氣的表現。

❷ 問題是「今朝はどんな天気でしたか。今朝の天気です」，故重點在「今朝」，聽男士與女士的對話中出現「今朝」的句子，很容易就找到答案。

❸ 第一個關鍵句是男士說「今朝は晴れていましたから」，接下來女士也說出了第二個關鍵句「今朝は本当にいい天気でしたから」，所以可以斷定今天早上的天氣是 3 的晴天，其他的選項皆不用考慮。

文法重點

❶ 「V1 ながら V2 〜」是「一邊〜一邊〜」的意思。表示 V1、V2 兩個動作同時進行，動作重點在 V2。

● テレビを見ながらご飯を食べます。（邊看電視，邊吃飯。）

❷ 「雨はまだ降っています」的「V - ている」表示動作持續進行，使用「繼續動詞」。「まだ」是「依然、仍然；還沒有、尚未」的意思。

● まだ音楽を聞いています。（依然還在聽音樂。）

❸ 除了「N になる」之外，其他還可以用「い形─い＋く＋なる」「な形＋に＋なる」方式接續。可以表示自然的變化、達到某階段、成為某身分等等。

● 今年私は 30 歳になります。（今年我就要 30 歲了。）

❹ 「V - ている」除了上面第 2 項的用法之外，還可以表示一種持續的狀態。「晴れていました」是「晴れる」（天氣晴朗）的「V - ている」形，然後再改成過去式，表示過去「天氣晴朗」持續的狀態，所以用「晴れていました」表達。

● 今晴れていますが、一時間前まで雨が降っていました。

（現在雖然放晴，但是一直到 1 個小時前都在下雨。）

❺ 「持ってきませんでした」是「持ってきません」的否定形的過去式。使用「V てくる」表示以說話者為中心，移動的方向。

● 明日宿題を持ってきてください。（明天請帶作業來。）

5ばん 🎧018

1. 3時間です。

2. 4時間です。

3. 6時間です。

4. 9時間です。

男の人と、女の人が話しています。女の人は、日曜日に何時間、バイオリンを練習していますか。

M：上手ですねー。毎日、どのくらい練習していますか。

F：3時間です。でも、休みの日はもっとします。土曜日は4時間、日曜日は6時間です。

M：大変ですね。

女の人は、日曜日に何時間、バイオリンを練習していますか。

男女兩人正在交談。女人星期日都練幾個小時的小提琴？

男：好厲害！妳每天都練習多久啊？

女：3個小時。不過假日會練更久。星期六練4個小時，星期日練6個小時。

男：好辛苦。

女人星期日都練幾個小時的小提琴？

1. 3個小時。
2. 4個小時。
3. 6個小時。
4. 9個小時。

內容分析

❶ 本題的問題重點是女士在星期日練習幾小時，要注意時間長度的表現方式。

❷ 題目是「女の人は、日曜日に何時間練習していますか」，所以注意聽女士講到「日曜日」的部分即可。

❸ 關鍵句是女士說的「日曜日は 6 時間です」，所以正確答案是 3。

文法重點

❶ 「Ｖ ています」可以表示習慣、重覆的動作。常與「いつも」、「毎日」、「毎朝」等等語詞一起使用。

◉ 毎朝 5 時に起きています。（我每天 5 點起床。）

❷ 「どのくらい〜」是「多少、程度如何」的意思。「〜くらい」「〜ぐらい」二者目前幾乎都可以互換，但是以往的習慣裡「Ｎ＋ぐらい」「この・その・あの・どの＋くらい」的規則，仍有一定比例的人遵守。

◉ 家から会社までどのくらいかかりますか。
（從家裡到公司要花多少時間？）

❸ 「もっと」是副詞，「更加、進一步」的意思。「でも、休みの日はもっとします」是「假日練習更多」的意思。

◉ もっといいのがほしいです。（我想要更好的。）

1. 仕事をしました。

2. 結婚パーティーに行きました。

3. 結婚しました。

4. 有名な所へ行きました。

スクリプト

男の人と、女の人が話しています。男の人は、京都で、何をしましたか。

M：これ、京都で買ったお菓子です。どうぞ。

F：ありがとうございます。旅行ですか？

M：はい、友だちの結婚パーティーでした。おととい行って、ゆうべ帰ったんです。有名な名所へも行きたかったんですけど、時間がありませんでした。

男の人は、京都で、何をしましたか。

男女兩人正在交談。男人在京都做了什麼？

男：這是我在京都買的點心。請用。

女：謝謝。你去旅行了嗎？

男：對啊！我去參加朋友的結婚派對。前天去，昨天晚上回來的。我本來想走訪一些名勝的，可是沒有時間。

男人在京都做了什麼？

1. 工作。

2. 參加結婚派對。

3. 結婚。

4. 走訪名勝。

內容分析

❶ 本題問的是「男の人は、京都で何をしましたか」，所以要特別注意男士所提到的動作內容。

❷ 關鍵句是「友達の結婚パーティでした」，後來又補充了「有名な名所へも行きたかったんですけど、時間がありませんでした」，所以可以確定正確的答案是 2。

文法重點

❶ 「V ~~ます~~＋たい」是「想做～」的意思，表示說話者的希望。

● デパートで安_{やす}くていいものを買_かいたいです。（我想要在百貨公司買又便宜又好的東西。）

❷ 「けど」也可以說成「けれど」，意思是「雖然～但是～」，是「けれども」的縮略語，用在會話口語表現裡，表示一種逆接的語氣。其他表示轉折語氣的用法還有「が」「しかし」等等，但是「けど」比較口語化。

● 映画_{えいが}を見_みに行_いきたいけど、お金_{かね}がない。
（我想去看電影，但是沒有錢。）

❸ 使用「～んです」時，表示以某狀況、狀態為前提，說話者綜合得到的情報後使用「～んです」句型。

● A: どうしたんですか。（怎麼了？）
B: 頭_{あたま}が痛_{いた}いんです。（我頭痛。）

題型重點攻略

試題型式

> 大題當頁印有「問題 3」的說明文，以及「例」讓考生練習。

> 試題紙印出圖示，判斷箭頭（→）所指的人物說了什麼話。

問題紙

もんだい3

もんだい3では、えを　みながら　しつもんを
ください。　➡（やじるし）の　ひとは　なんと　いい
1から3の　なかから　ひとつ　えらんで　くた

れい

音檔

❶　大題的頁印有「問題 3」的說明文，以及「例」讓考生練習。

> もんだい3
>
> もんだい3では、えを　みながら　しつもんを　きいて　ください。
> ➡（やじるし）の　ひとは　なんと　いいますか。　1から3の　なかから
> いちばん　いい　ものを　ひとつ　えらんでください。

❷　**正文考題：**針對試題紙上的圖示略做簡單說明，「問題」緊接在說明的後面，接下來是問題選項。也就是說，這大題沒有 AB 兩人會話之類的內容。

❸　在問題結束後，會有約 10 秒的作答時間。

題型特色

❶ 「問題 3」佔聽解考題中的 5 題。為改制後的新題型。

❷ 題目類型為**看圖並選出適當的表達內容**。

❸ 試題紙上印出圖示,考生必須判斷畫中箭頭標示的人物,選出在該圖片的情境中,會說什麼內容。從中選出適合的答案。

❹ 聽力內容多為日常內容,可能出現發問、請求、委託等等情境。

❺ **一題只有三個選項**,試題紙上不會印出。注意,試題紙上只有印出圖示。

解題技巧

❶ 題目開始之前,聽力播出前先**略看一下圖片,了解圖片情境**,有助於掌握考題方向。看完圖片,推敲其情境後,請作好聆聽題目的準備。

❷ 注意!耳朵聽到的題目選項也許似乎都合理,這時只有搭配圖的細節,才能在短短的幾秒中內選出最適當的選項。一定要邊聽一邊仔細看試題紙作答,同時隨時做筆記。

❸ 作答的當下請立刻畫卡,因為之後並沒有多餘的時間讓你補畫。

❹ 要特別注意箭頭(→)所指人物是聽話者,還是發話者。判斷問題中是聽話者還是發話者會說的內容,這是關鍵的線索。

試題解析

れい 🎧 022

スクリプト

レストランでお店の人を呼びます。何と言いますか。

1 いらっしゃいませ。
2 失礼しました。
3 すみません。

內容分析

題目問，在餐廳裡要叫服務生時，要說什麼。

選項 1：意思是「歡迎光臨」，這應該是服務生說的，而不是客人。

選項 2：意思是「告辭或失禮」，適用於要先離開或道歉時，故不合邏輯。

選項 3：正確答案。「不好意思」的意思。適用於到餐廳用餐，叫服務生過來時。也可以說「すみません！お願いします！」（不好意思，麻煩你。）

1 ばん

> **スクリプト**
>
> 雨が降っています。傘を借りたいです。何と言いますか。
>
> 1 すみませんが、少し貸します。
> 2 あ、雨が降っています。
> 3 すみません、傘を借りてもいいですか。

內容分析

題目問想要借傘時該怎麼說。

選項 1： 意思是「不好意思，稍微借你。」。「貸す」是借出；「借りる」是借入，「貸す」不符題意。

選項 2： 意思是「啊！下雨了。」，只是陳述下雨的狀況，沒有提到借傘的事。

選項 3： 正確答案。意思是「不好意思，可以跟你借傘嗎？」向聽者徵詢許可的時候用「Ｖてもいいですか」

2ばん

バスに乗ります。何と言いますか。

1 あ、乗ります。
2 さあ、乗りましょう。
3 すぐ乗ってください。

内容分析

題目問要搭公車時，要說什麼。

選項1：正確答案。「我要搭車」。

選項2：意思是「搭車吧！」，「～ましょう」屬於提案、勧誘的用法。

選項3：意思是「請搭車」。「～てください」是請求對方做某動作。

3ばん

スクリプト

図書館で学生たちが大きい声で話しています。学生に何と言いますか。

1 音を小さくしてください。

2 よく聞いてください。

3 静かにしてください。

内容分析

題目問在圖書館裡學生很吵，該對他們說什麼。

選項1： 意思是「請音量小一點」，但是「音」是物品產生的聲音。學生是因為說話太大聲，所以被提醒，所以應該是「声を小さくしてください。」才對。

選項2： 意思是「請仔細聽！」題意是要提醒學生改善吵鬧，不是要學生聽他說話。所以也不是正確答案。

選項3： 正確答案。意思是「請安靜。」。

4 ばん 🎧 026

スクリプト

コンビニで 袋（ふくろ）がほしいです。 何（なん）と言（い）いますか。

1 袋（ふくろ）をください。
2 袋（ふくろ）はけっこうです。
3 袋（ふくろ）をもらいませんか。

内容分析

題目問想在便利商店要袋子時，該怎麼說。「～がほしい」表示想要某東西。

選項 1：正確答案。意思是「請給我一個袋子。」

選項 2：意思是「袋子不用了。」完全搞錯回答方向。「けっこう」「很夠了、不用了」（＝要らない、不要）

選項 3：意思是「來拿袋子吧！」。授受動詞的「もらう」是從他人處得到物品，後接提議的「～ませんか」用法後，變成「提議索取袋子」，不符題意。

5 ばん 🎧 027

> **スクリプト**
>
> ケーキをあげます。何と言いますか。
>
> 1 どんなケーキでしたか。
> 2 ケーキをあげませんか。
> 3 いっしょにケーキ、いかがですか。

內容分析

題目問要給對方蛋糕時，該怎麼說。

選項1： 意思是「是什麼樣的蛋糕。」。「どんな＋N」（什麼樣的N）
是用於對某事物感到好奇，問N是什麼樣的特質、特徵，不符
題意。

選項2： 意思是「要給你蛋糕嗎？」。授受動詞的「あげる」是給他人
物品，後接提議的「～ませんか」用法後，變成「提議給你～」，
並不恰當。

選項3： 正確答案。意思是「來點蛋糕，如何呢？」。「～いかがですか」
是「どうですか」（如何呢？）更有禮貌的講法。要把食物分享
給對方時，就可以使用此句。

即時應答

題型重點攻略

試題型式

問題紙

大題的頁印有「問題 4」的說明文。

試題紙沒有印刷任何插畫或文字選項。

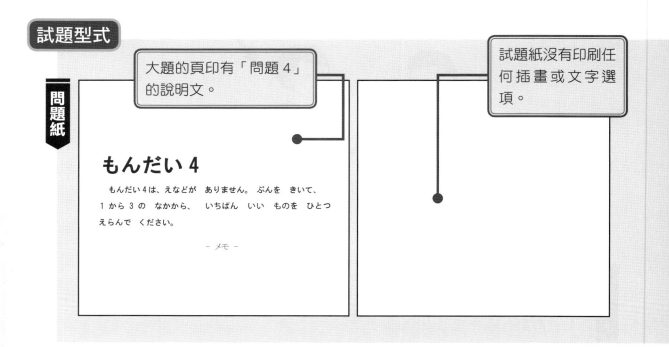

もんだい 4

もんだい4は、えなどが ありません。ぶんを きいて、1 から 3 の なかから、 いちばん いい ものを ひとつ えらんで ください。

－ メモ －

音檔

① 考試中，首先會播放「問題 4」的說明文。

もんだい4

もんだい4には、えなどが ありません。ぶんを きいて、1から3の なかから、いちばん いい ものを ひとつ えらんで ください。

② 兩人進行一問一答，A 說完對話文中第一句之後，B 有 3 個回答選項。

③ 在問題結束後，會有約 10 秒的作答時間。

題型特色

❶ 「問題 4」佔聽解考題中的 6 題。為改制後的新增題型。

❷ 聽力內容多半是由兩人進行一問一答。

❸ 請特別留意，**一題只有 3 個選項**。

❹ 注意！試題紙上沒有印刷任何插畫或文字選項。考生必須聽取短句發話，並選出適切的應答。

❺ 題目的形式包含**問候語**、**疑問詞開頭的問句**、**不含疑問詞的問句**、**感嘆句**、**勸誘句**、**命令句**、委託或請求同意的句子等，與日常生活息息相關，並要求從選項中找出最適當的回答。

解題技巧

❶ 試題本上不會出現任何文字。因此千萬不要忘記隨時做筆記。

❷ 聽解考題中，本大題為最需要臨場應變能力和精準判斷力的大題，請務必大量練習試題。

❸ 作答的當下請立刻畫卡，因為之後並沒有多餘的時間讓你補畫。

❹ 因為沒有任何的圖示或文字線索做為判斷的依據，因此導致作答時間變成十分緊迫，沒有時間讓你慢慢思考。如果你思索前一題，就會漏聽下一題，最後便會不自覺慌張起來，產生骨牌效應通通答錯。因此，只要碰到聽不懂的題目，就請果斷放棄，迅速整理心情，準備聽下一題。若是一直執著在某一題上，反而會害到後面的題目，最後失敗走出考場。

試題解析

れい 🎧 ⓪³⁰

F：お国はどちらですか。

M：1 あちらです。

　　2 アメリカです。

　　3 部屋です。

F：您的國家是哪裡？

M：1　那裡。

　　2　美國。

　　3　房間。

內容分析

題目問，您的國家是哪裡，要回答什麼。

選項1：意思是「那裡」，問句裡的「どちら」不是問場所或方向，所以不能回答「あちら」。

選項2：正確答案。意思是「美國」，回應了問句的「どちら」詢問國家名的用法。

選項3：「是房間」的意思。同樣是回答場所，所以不正確。

1 ばん 🎧031

スクリプト

F：この えは だれが かきましたか。

M：1 山_{やま}の えを かきました。

2 わたしが かきました。

3 きのう かきました。

F：這幅畫是誰畫的？

M：1 畫了山。
2 我畫的。
3 昨天畫的。

內容分析

＊女士的問句中「誰が」的答句要用「～が」回答。

選項 1：「畫了山」，是指畫的內容，如果是答案是 1 的話，其問句應該是「何_{なん}の絵_えを描_かきましたか。」（畫了什麼畫？）

選項 2：正確答案。是指「我畫的」。「～が～」的述語句中，句子重點在「が」的前面。因此「誰＋が～」重點在於問「是誰」，回答句中用「某人＋が」來回答。

選項 3：「昨天畫的」，是指畫畫的時間，呼應的問句應該是「いつその絵_えを描_かきましたか」（什麼時候畫了那幅畫？）

2 ばん 🎧 ⓪³²

F：田中さん、その　新聞を　とって　ください。

M： 1 はい、わかります。

　　 2 はい、そうですか。

　　 3 はい、わかりました。

F：田中，請幫我拿那份報紙。

M：1 好，我懂。

　 2 好，這樣子啊！

　 3 好，我知道了。

内容分析

＊女士說「請幫我拿那份報紙。」，其中「取ってください」是「Ｖて ください」句型，表示請對方做某動作。

選項1： 這裡不能用未來式的「わかります」。「わかる」表示著重在 於理解某知識、曉得已內化的知識。以「～がわかる」呈現。

● 使い方がわかりません。（我不知道使用方法。）

選項2：「そうですか」（是嗎），尾音上揚的話，表示委婉地反問對方。 尾音下降的話，表示附和對方說的話。

選項3： 正確答案。表示理解了女士說的意思，所以必須用過去式的 「はい、分かりました」。

「わかる」、「知る」同樣表示「知道、了解、知曉」等意思， 但是「知る」表示獲得新情報、經驗等等，以「～を知る」呈現。

● 陳さんの電話番号を知っていますか。

（你知道陳小姐的電話號碼？）

3 ばん 🎧 ⑶

スクリプト

F：えいがが　見たいですね。」

M：1 じゃ、新しい　えいがが　ほしいです。

　　2 じゃ、わたしは　見たくないでしょう。

　　3 じゃ、あした　見に　行きませんか。

F：真想看電影。
M：1 那麼，我想要新電影。
　　2 那麼，我不想看吧？
　　3 那麼，明天要不要去看？

內容分析

＊女士說「想看電影。」，其中「見たい」是「V ~~ます~~＋たい」句型，表示說話者想做某動作。

選項 1：「名詞＋がほしい」的意思是「我想要…」。

　　● 新しい服がほしいです。（我想要新的衣服。）

選項 2：「V ~~ます~~＋たい」的否定形是「～たくない」「～たくないです」。「私は見たくないでしょう」是「我不想看吧」，語意不合。

選項 3：正確答案。「V ~~ます~~＋に＋行きます」，表示去做某事。「～ませんか」是一種表示邀約的說法，在邀請對方一起做某件事時可以使用。

4 ばん 🎧 ⌢034⌣

スクリプト

F： この　へんに　ポストは　ありますか。

M： 1 あそこに　あります。
　　2 あそこに　ありません。
　　3 いいえ、ポストじゃ　ありません。

F： 這附近有郵筒嗎？
M： 1　在那裏有。
　　2　在那裏沒有。
　　3　不，不是郵筒。

內容分析

＊女士說「這附近有郵筒嗎？」，其中「この辺」（一帶、附近。）類似的詞還有「この近く」、「このあたり」，其中「このあたり」感覺比較客氣。

選項1： 正確答案。「～にあります」表示「在某地有非生命物」。「～にいます」表示「在某地有生命物」。用「ありますか」問，就必須用「あります」回答。

選項2： 「～にありません」表示「在某地沒有無生命物」，不合題意。呼應的問句應該是「ポストはあそこにありますか」（郵筒在哪裡嗎？），回答則是「いいえ、あそこにはありません。」

選項3： 「～じゃありません」同「～ではありません」，是名詞與な形容詞的否定形式。呼應的問句應該是「あれはポストですか」（那是郵筒嗎？）

5 ばん 🎧 ⑳₃₅

スクリプト

F：かいぎの　へやは　4かい　ですね。

M：1 はい、そうです。5かい　ですよ。

　　2 とても　いいです。5かい　ですよ。

　　3 いいえ、ちがいます。5かい　ですよ。

Ｆ：會議室在 4 樓對吧？

Ｍ：1　對，沒錯。在 5 樓。
　　 2　非常好，在 5 樓。
　　 3　不，不是的。在 5 樓。

內容分析

＊女士說「會議室在 4 樓對吧？」，其中「～ですね」是要求對方確認的意思。

選項 1： 屬於肯定回答，意思是「對，沒錯」，但後句卻提醒對方在 5 樓，所以邏輯不通。如果要回答肯定的話，直接回答「はい、そうです」即可。

選項 2： 屬於い形容詞述語，意思是「非常好」，常用於稱讚等的場合，所以顯然用錯地方。「とても」是副詞，表示「非常、很～」。

選項 3： 正確答案。屬於否定回答，意思是「不，不是的」，然後提醒對方在 5 樓，與「そうではありません」意思相近。

6ばん 🎧036

F：もしもし、すずきです。そちらに　中田さんは　いますか。

M：1　はい、そちらは　すずきです。

　　2　はい、ちょっと　まって　ください。

　　3　はい、中田さんです。

F：我是鈴木，府上有位中田小姐嗎？
M：1　對，貴府是鈴木。
　　2　好的。請等一下。
　　3　是的，是中田小姐。

內容分析

＊女士說「～さんはいますか」，意思「～有位～人嗎？」。「そちら」
　除了指方向之外，也指對方（你、你們）。相對的「こちら」則是指
　我方（我、我們）。

選項1： 這裡的「そちら」就內外關係來解釋，是指「對方」。問句中，
　　　　　說話者才是「すずき」。

選項2： 正確答案。這裡先回答對方「はい」（有的），然後再請對方等
　　　　　一下。「Vてください」是請對方做某事的意思。

選項3： 就內外關係來說，因為接電話者，應該是中田他自己，或是他
　　　　　的家人，所以不能說敬稱的「中田さんです」，要說「中田で
　　　　　す」。

N5 Part 2

問題一	課題理解	▶ 模擬試題 8 回
問題二	重點理解	▶ 模擬試題 13 回
問題三	發話表現	▶ 模擬試題 8 回
問題四	即時應答	▶ 模擬試題 8 回

問題（一）・課題理解

もんだい 1 🎧037

もんだい１では　はじめに、しつもんを　きいて　ください。それから
はなしを　きいて、もんだいようしの　１から４のなかから、いちばん
いい　ものを　ひとつ　えらんで　ください。

第一回

1 ばん 🎧038 （一）1 回

1.　4 月 4 日です。　　2.　4 月 8 日です。

3.　7 月 4 日です。　　4.　7 月 8 日です。

2 ばん 🎧039 （一）1 回

1.　7 月 4 日

2.　7 月 8 日

3.　1 月 4 日

4.　1 月 8 日

3ばん 040 (一)1回

1. 火曜日（かようび）までです。
2. 水曜日（すいようび）までです。
3. 木曜日（もくようび）までです。
4. 金曜日（きんようび）までです。

4ばん 041 (一)1回

1. 明日（あした）の水曜日（すいようび）です。
2. 明日（あした）の木曜日（もくようび）です。
3. あさっての水曜日（すいようび）です。
4. あさっての木曜日（もくようび）です。

5 ばん 🎧 042 （一）1 回

1. どようび、1 時

2. どようび、7 時

3. にちようび、1 時

4. にちようび、7 時

6 ばん 🎧 043 （一）1 回

1. 4 時

2. 4 時 15 分

3. 4 時 30 分

4. 4 時 45 分

7ばん 🎧 044 （一）1 回

1. 10 時半です。

2. 11 時です。

3. 11 時半です。

4. 12 時です。

1 ばん 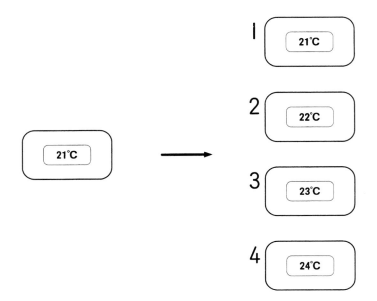 045 （一）2 回

2 ばん 046 （一）2 回

1. 二<ruby>つ<rt>ふた</rt></ruby>です。

1. 二つです。

2. 三つです。

3. 四つです。

4. 五つです。

3 ばん　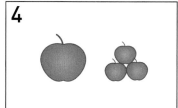 047 （一）2回

1.　1 冊^{さつ}です。

2.　2 冊です。

3.　3 冊です。

4.　4 冊です。

4 ばん　 048 （一）2回

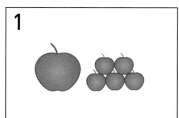 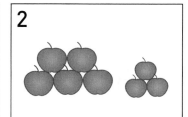

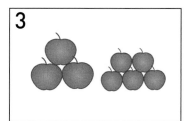 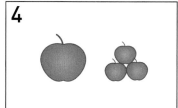

5 ばん 🎧049 （一）2回

1. 4 → 3 → 1 → 6

2. 4 → 3 → 6 → 1

3. 4 → 6 → 1 → 3

4. 4 → 6 → 3 → 1

6 ばん 🎧050 （一）2回

1. 20 円出します。

2. 140 円出します。

3. 160 円出します。

4. 300 円出します。

7 ばん 🎧 ⟨051⟩ (一) 2 回

1.　10枚^{まい}です。

2.　20枚^{まい}です。

3.　30枚^{まい}です。

4.　40枚^{まい}です。

第三回

1 ばん 🎧052 (一) 3 回

1. <ruby>一<rt>ひと</rt></ruby>つずつです。

2. <ruby>二<rt>ふた</rt></ruby>つずつです。

3. <ruby>三<rt>みっ</rt></ruby>つずつです。

4. <ruby>五<rt>いっ</rt></ruby>つずつです。

2 ばん 🎧053 (一) 3 回

1. ☐8 ☐1 ☐1

2. ☐8 ☐1 ☐8

3. ☐9 ☐8 ☐1 ☐1

4. ☐9 ☐8 ☐1 ☐8

3 ばん 🎧054 （一）3 回

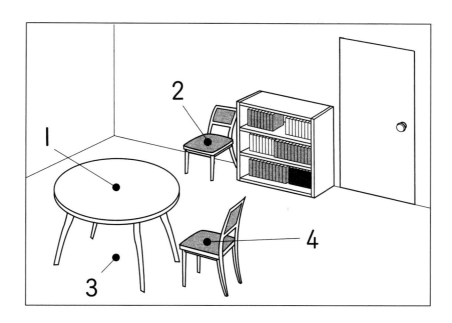

4 ばん 🎧055 （一）3 回

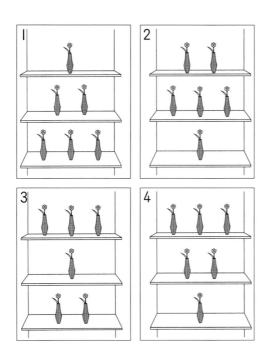

5 ばん 🎧 056 （一）3 回

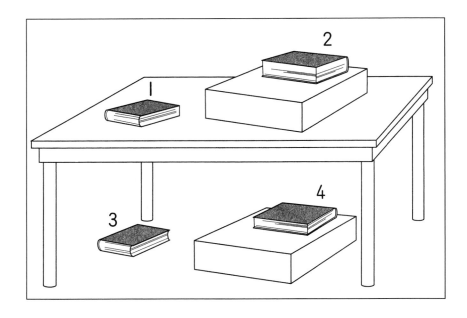

6 ばん 🎧 057 （一）3 回

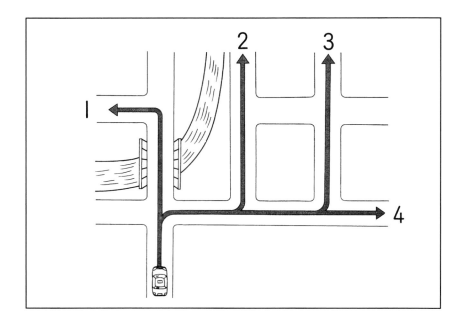

7 ばん 🎧 058 （一）3 回

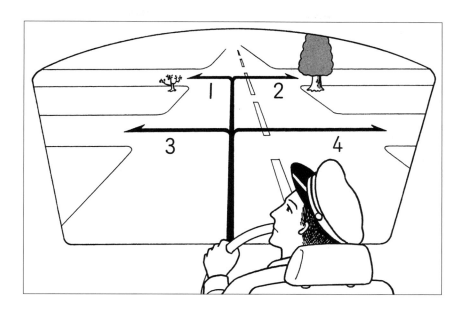

第四回

1 ばん 🎧 059 (一) 4回

1.　喫茶店のトイレです。

2.　駅のトイレです。

3.　デパートのトイレです。

4.　図書館のトイレです。

2 ばん 🎧 060 (一) 4回

1.　本屋の中です。

2.　本屋の前です。

3.　いつもの喫茶店の中です。

4.　いつもの喫茶店の前です。

3 ばん　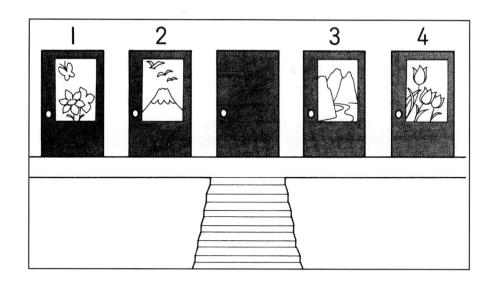 061 (一) 4 回

4 ばん　062 (一) 4 回

1. 食堂（しょくどう）です。

2. 駅（えき）です。

3. レストランです。

4. 喫茶店（きっさてん）です。

5ばん 🎧063 (一) 4回

1. この建物の6階です。

2. この建物の7階です。

3. となりの建物の6階です。

4. となりの建物の7階です。

6ばん 🎧064 (一) 4回

1. 半分あけます。

2. 半分しめます。

3. 全部あけます。

4. 全部しめます。

7 ばん 🎧 065 (一) 4 回

1. 火を強くしてから卵を入れます。

2. 火を弱くしてから卵を入れます。

3. 火を強くしてから食べます。

4. 火を弱くしてから食べます。

第五回

1 ばん 🎧066 (一) 5 回

2 ばん 🎧067 (一) 5 回

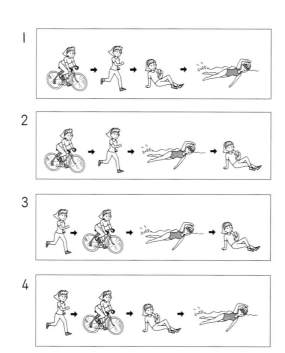

3 ばん 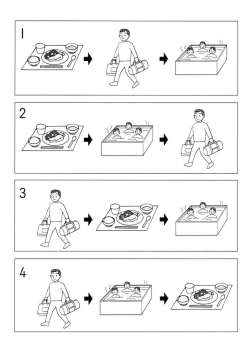 (一) 5 回

4 ばん (一) 5 回

5 ばん 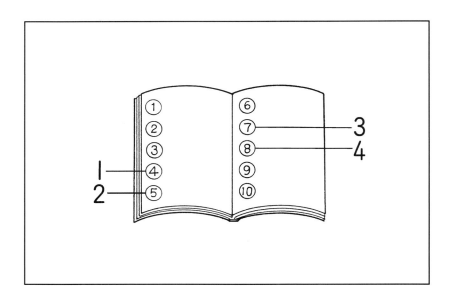 (一) 5 回

6 ばん 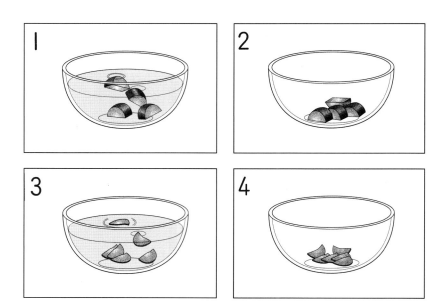 (一) 5 回

7 ばん 🎧 ⑦⑦② (一) 5 回

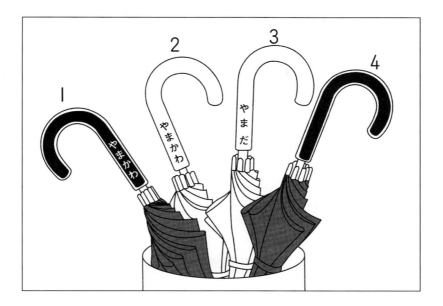

第六回

1 ばん 073 (一) 6回

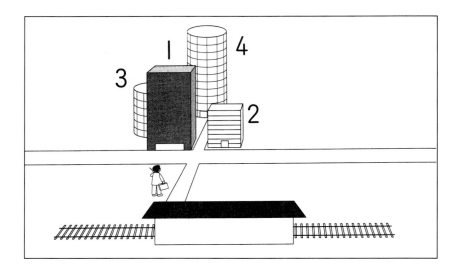

2 ばん 074 (一) 6回

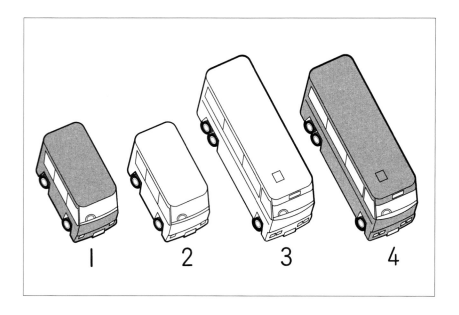

３ばん 🎧 075 (一)6回

1.　はさみです。

2.　ナイフです。

3.　ケーキです。

4.　お皿(さら)です。

４ばん 🎧 076 (一)6回

1	2
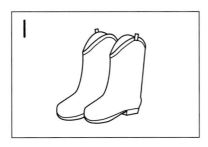	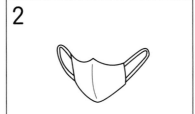
3	4
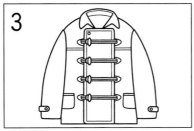	

5ばん 🎧 ⑦⑦ （一）6回

1. 魚屋です。

2. 魚屋と肉屋です。

3. 肉屋と果物屋です。

4. 魚屋と果物屋です。

6ばん 🎧 ⑦⑧ （一）6回

1. 野菜と果物です。

2. 野菜と肉です。

3. パンと果物です。

4. パンと肉です。

7 ばん 🎧 079 （一）6回

1.　お茶を六つです。

2.　お茶を二つと水を四つです。

3.　お茶を三つと水を三つです。

4.　お茶を四つと水を二つです。

第七回

1 ばん 🎧 080 (一) 7 回

1. 4 個です。

2. 5 個です。

3. 6 個です。

4. 7 個です。

2 ばん 🎧 081 (一) 7 回

1. コーヒーを飲みます。

2. ケーキを食べます。

3. ケーキを食べながらコーヒーを飲みます。

4. コーヒーを飲まないで出掛けます。

3ばん　🎧082 (一)7回

1. 昼ごはんを食べます。

2. 仕事をします。

3. お茶を飲みます。

4. お菓子を食べます。

4ばん　🎧083 (一)7回

1. きっさ店へ行きます。

2. 駅へ行きます。

3. 英語の学校へ行きます。

4. テニスのコートへ行きます。

5 ばん 🎧 084 （一）7回

1. ストーブをつけます。

2. 掃除<ruby>そう<rt>そう</rt></ruby>をします。

3. 窓を開けます。

4. 窓を閉めます。

6 ばん 🎧 085 （一）7回

1. 学校で遊びます。

2. 学校で勉強します。

3. 家で遊びます。

4. 家で勉強します。

７ばん　🎧086 (一) 7回

1. 電車に乗ります。

2. 南 公園を散歩します。

3. 自転車に乗ります。

4. 昼ご飯を食べます。

第八回

1 ばん 🎧 087 (一)8回

1. 女の人と仕事をします。

2. 一人で仕事をします。

3. 女の人と映画を見ます。

4. 一人で映画を見ます。

2 ばん 🎧 088 (一)8回

1. 毎晩寝る前に飲みます。

2. 毎朝起きてから飲みます。

3. 夜頭が痛いときに飲みます。

4. 夜おなかが痛いときに飲みます。

3 ばん 🎧 089 (一) 8 回

1. 白_{しろ}い 薬_{くすり} だけです。

2. 黄色_{きいろ}い 薬_{くすり} だけです。

3. 白_{しろ}い 薬_{くすり} と 黄色_{きいろ}い 薬_{くすり} です。

4. 白_{しろ}い 薬_{くすり} と 黄色_{きいろ}い 薬_{くすり} と 青_{あお}い 薬_{くすり} です。

4 ばん 🎧 090 (一) 8 回

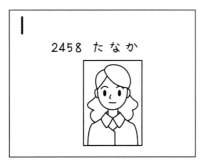

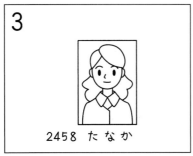

5 ばん 🎧 (091) (一) 8回

1

しゃしん
なまえ

2

	しゃしん
	なまえ

3

なまえ	
しゃしん	

4

	なまえ
	しゃしん

6 ばん 🎧 (092) (一) 8回

1. お弁当です。

2. お菓子です。

3. カメラです。

4. コップです。

7ばん 🎧 ⟨093⟩ （一）8回

1. 鉛筆<ruby>えんぴつ</ruby>です。

2. ノートです。

3. お弁当<ruby>べんとう</ruby>です。

4. お茶<ruby>ちゃ</ruby>です。

もんだい２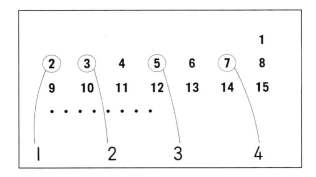

もんだい２では　はじめに、しつもんを　きいて　ください。それから
はなしを　きいて、もんだいようしの　１から４の　なかから、いちばん
いい　ものを　ひとつ　えらんで　ください。

第一回

１ばん （二）１回

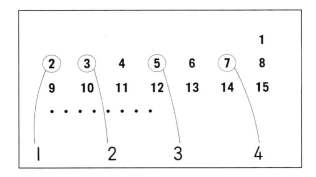

２ばん （二）１回

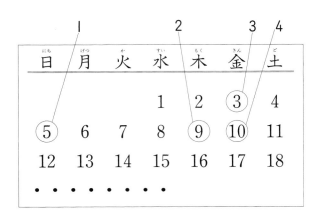

3 ばん 🎧097 (二) 1 回

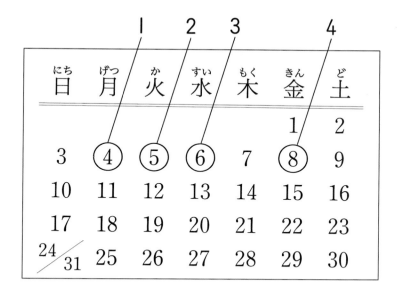

	1	2	3		4	
日 にち	月 げつ	火 か	水 すい	木 もく	金 きん	土 ど
					1	2
3	④	⑤	⑥	7	⑧	9
10	11	12	13	14	15	16
17	18	19	20	21	22	23
24/31	25	26	27	28	29	30

4 ばん 🎧098 (二) 1 回

日 にち	月 げつ	火 か	水 すい	木 もく	金 きん	土 ど
		1	2	3	④	⑤
⑥	⑦	8	9	10	11	12
1	2				3	4

５ばん 🎧 099 （二）１回

にち 日	げつ 月	か 火	すい 水	もく 木	きん 金	ど 土
1	2	3	4	5	6	7
8	⑨	10	⑪	12	⑬	⑭
15	16	17	18	19	20	21
22	23	24	25	26	27	28
29	30	31				

2 ・ 3 ・ 4 ・ 1

６ばん 🎧 100 （二）１回

1.　3日_かです。

2.　4日_かです。

3.　5日_かです。

4.　6日_かです。

第二回

1 ばん 🎧101 （二）2回

```
        1月がつ
月げつ 火か 水すい 木もく 金きん 土ど 日にち
                          1
 ②   ③   ④   ⑤   6   7   8
 9   10  11  12  13  14  15
16  17  18  19  20  21  22
23  24  25  26  27  28  29
30  31
    |    2    3    4
```

2 ばん 🎧102 （二）2回

1. 月曜日げつようびです。

2. 火曜日かようびです。

3. 水曜日すいようびです。

4. 木曜日もくようびです。

3 ばん 🎧 103 (二) 2回

1. 木曜日です。
   （もくようび）

2. 金曜日です。
   （きんようび）

3. 土曜日です。
   （どようび）

4. 日曜日です。
   （にちようび）

4 ばん 🎧 104 (二) 2回

1. 火曜日です。
   （かようび）

2. 水曜日です。
   （すいようび）

3. 木曜日です。
   （もくようび）

4. 金曜日です。
   （きんようび）

5 ばん 🎧105 (二) 2 回

1. 4時です。

2. 5時です。

3. 8時です。

4. 9時です。

6 ばん 🎧106 (二) 2 回

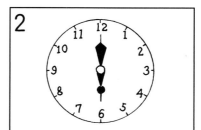

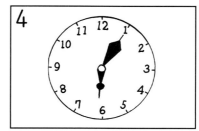

第三回

1 ばん 🎧107 (二) 3回

1. 6時半

2. 7時

3. 7時半

4. 8時

2 ばん 🎧108 (二) 3回

1. 11時です。

2. 11時半です。

3. 12時です。

4. 12時半です。

3 ばん 🎧 109 （二）3回

1. 午前 8 時 50 分

2. 午後 8 時 50 分

3. 午前 8 時 15 分

4. 午後 8 時 15 分

4 ばん 🎧 110 （二）3回

1. 11400 円

2. 18400 円

3. 14800 円

4. 8400 円

5 ばん 🎧⁽¹¹¹⁾ (二) 3 回

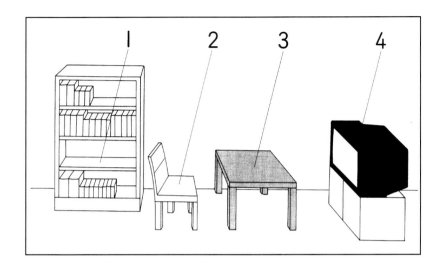

6 ばん 🎧⁽¹¹²⁾ (二) 3 回

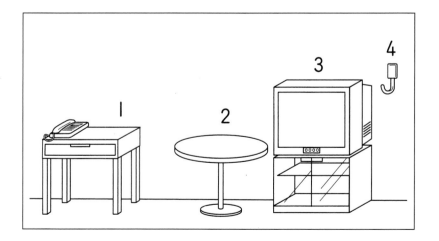

第四回

1 ばん 🎧113 (二) 4 回

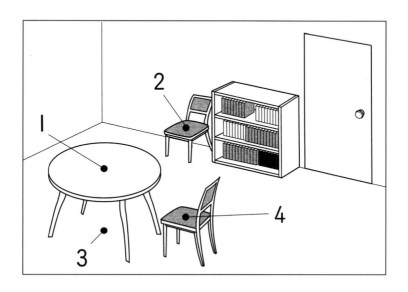

2 ばん 🎧114 (二) 4 回

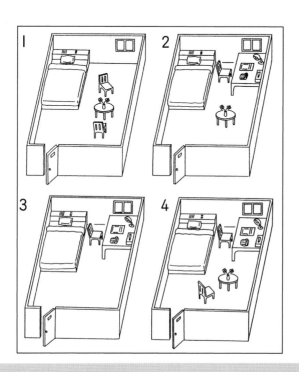

3 ばん 🎧115 (二) 4 回

1. 駅<small>えき</small>から遠<small>とお</small>いからです。

2. 高<small>たか</small>いからです。

3. 古<small>ふる</small>いからです。

4. 暗<small>くら</small>いからです。

4 ばん 🎧116 (二) 4 回

1. 高<small>たか</small>いからです。

2. 古<small>ふる</small>いからです。

3. 狭<small>せま</small>いからです。

4. 便利<small>べんり</small>じゃないからです。

5 ばん (二) 4 回

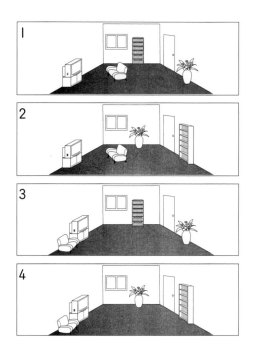

6 ばん (二) 4 回

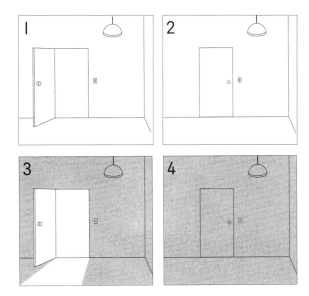

第五回

1 ばん 🎧 119 （二）5 回

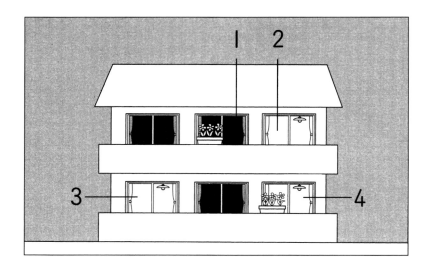

2 ばん 🎧 120 （二）5 回

1. 公園の中です。

2. 公園の入り口です。

3. 郵便局の中です。

4. 郵便局の入り口です。

3 ばん 🎧 ⑫ (二) 5 回

1. 座って本を読むことです。

2. ジュースを飲むことです。

3. 何か書くことです。

4. 何か食べることです。

4 ばん 🎧 ⑫ (二) 5 回

5 ばん 🎧123 (二) 5 回

6 ばん 🎧124 (二) 5 回

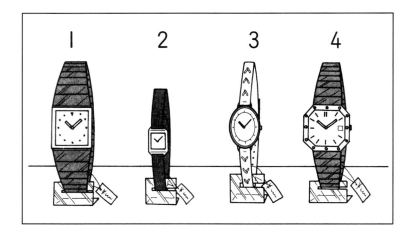

第六回

1 ばん 🎧125 (二) 6 回

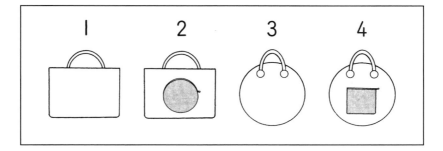

2 ばん 🎧126 (二) 6 回

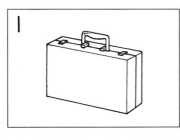

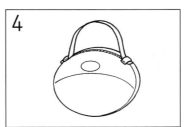

3 ばん （127）（二）6回

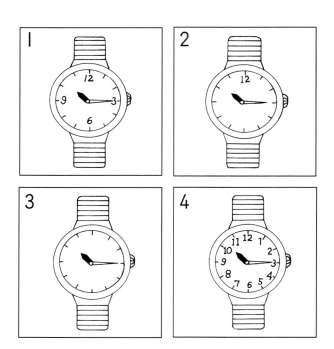

4 ばん （128）（二）6回

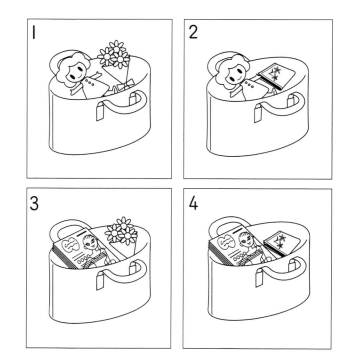

5 ばん 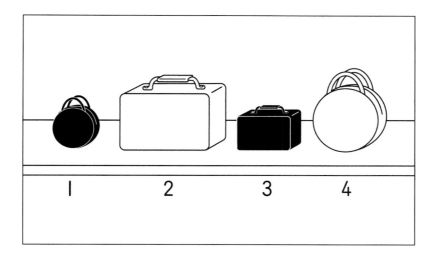（二）6回

6 ばん （二）6回

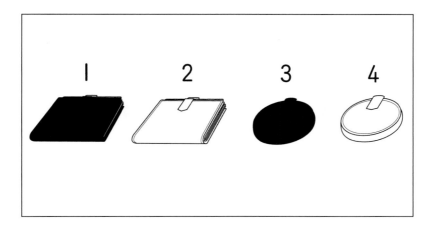

第七回

1 ばん 🎧131 （二）7 回

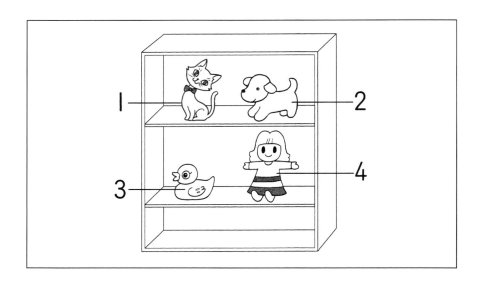

2 ばん 🎧132 （二）7 回

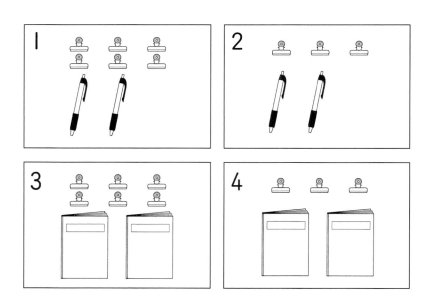

3 ばん 🎧133 (二) 7回

1. 温かいコーヒーです。
   <small>あたた</small>

2. 冷たいコーヒーです。
   <small>つめ</small>

3. 温かい紅茶です。
   <small>あたた こうちゃ</small>

4. 冷たい紅茶です。
   <small>つめ こうちゃ</small>

4 ばん 🎧134 (二) 7回

1. 前も今もおいしいです。
   <small>まえ いま</small>

2. 前も今もおいしくありません。
   <small>まえ いま</small>

3. 前はおいしくありませんでしたが、今はおいしいです。
   <small>まえ いま</small>

4. 前はおいしかったですが、今はおいしくありません。
   <small>まえ いま</small>

5 ばん 🎧 135 （二）7 回

1. 砂糖と 牛乳

2. 牛乳 だけ

3. 牛乳 とお酒

4. お酒だけ

6 ばん 🎧 136 （二）7 回

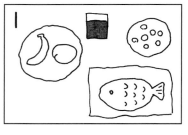 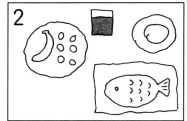

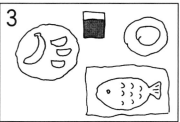 

第八回

1 ばん 🎧(137) (二) 8回

1. 卵<ruby>たまご</ruby> です。

2. お菓子<ruby>かし</ruby>です。

3. 温<ruby>あたた</ruby>かいミルクです。

4. 冷<ruby>つめ</ruby>たいミルクです。

2 ばん 🎧(138) (二) 8回

1. 食<ruby>た</ruby>べたくなかったからです。

2. 時間<ruby>じかん</ruby>がなかったからです。

3. お金<ruby>かね</ruby>がなかったからです。

4. 食<ruby>た</ruby>べ物<ruby>もの</ruby>がなかったからです。

3 ばん 🎧139 (二) 8 回

4 ばん 🎧140 (二) 8 回

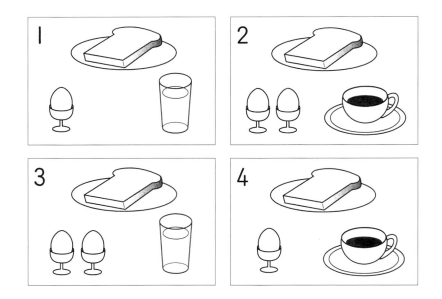

5ばん 🎧141 （二）8回

1. 今日の夜カレーを食べるからです。

2. 今朝、カレーを食べたからです。

3. カレーが嫌いだからです。

4. カレーが辛いからです。

6ばん 🎧142 （二）8回

第九回

1 ばん  143 （二）9回

2 ばん 144 （二）9回

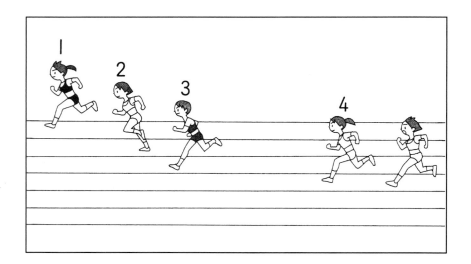

3 ばん  145 (二)9回

4 ばん 146 (二)9回

5 ばん 🎧 147 (二) 9 回

6 ばん 🎧 148 (二) 9 回

第十回

1 ばん 🎧 149 （二）10 回

2 ばん 🎧 150 （二）10 回

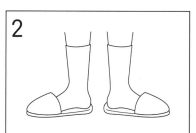
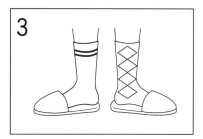
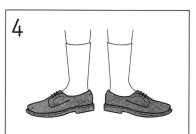

3 ばん 🎧 151 （二）10 回

1. 国へ帰りました。

2. 海へ行きました。

3. 山へ行きました。

4. どこへも行きませんでした。

4 ばん 🎧 152 （二）10 回

1. サッカーの練習をしています。

2. 勉強をしています。

3. テストをしています。

4. 寝ています。

5ばん 🎧153 (二) 10回

1. うちで本を読んでいました。

2. 公園で寝ていました。

3. 図書館で本を読んでいました。

4. 図書館で寝ていました。

6ばん 🎧154 (二) 10回

1. 日本の涼しいところへ行きました。

2. 暑い国へ旅行しました。

3. 国へ帰りました。

4. ずっと仕事をしていました。

第十一回

1 ばん  155 （二）11 回

2 ばん 156 （二）11 回

3 ばん 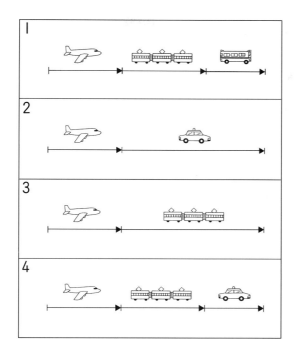 157 （二）11 回

4 ばん　158 （二）11 回

1.　町が見たいからです。

2.　速くて便利だからです。

3.　いつもお金がないからです。

4.　いつも忙しいからです。

5 ばん 🎧159 (二) 11 回

1. 電車(でんしゃ)で来(き)ました。

2. 自転車(じてんしゃ)で来(き)ました。

3. バスで来(き)ました。

4. 歩(ある)いて来(き)ました。

6 ばん 🎧160 (二) 11 回

1

2

3

4

第十二回

1 ばん （二）12 回

2 ばん （二）12 回

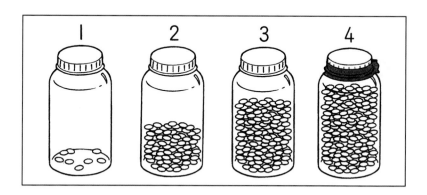

3 ばん 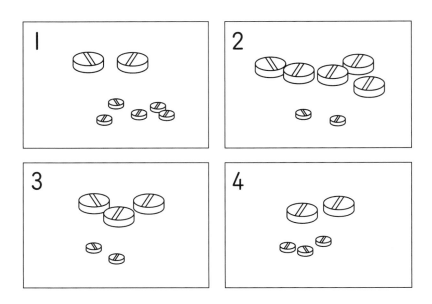 163 (二) 12 回

4 ばん 164 (二) 12 回

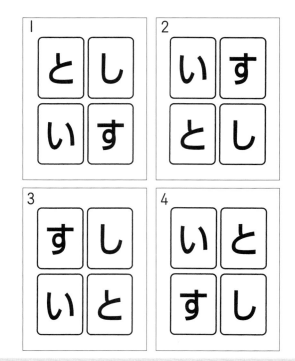

5 ばん 🎧165 (二) 12 回

1. あいはら　あいこ

2. おいはら　あいこ

3. めいはら　あいこ

4. いはら　　あいこ

6 ばん 🎧166 (二) 12 回

1. 山中友子

2. やまなか　友子

3. やまなか　ともこ

4. 山中　ともこ

第十三回

1 ばん 167 （二） 13 回

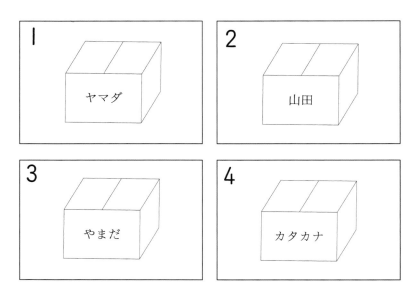

2 ばん 168 （二） 13 回

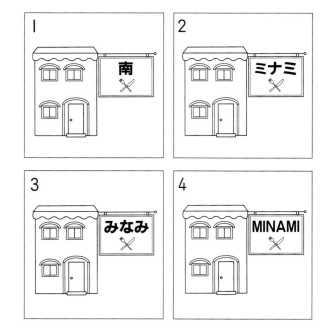

3 ばん 🎧169 (二) 13 回

1. 雨が降って 暖かくなります。

2. 雨が降って寒くなります。

3. 晴れて 暖かくなります。

4. 晴れて寒くなります。

4 ばん 🎧170 (二) 13 回

5ばん 🎧171 (二) 13回

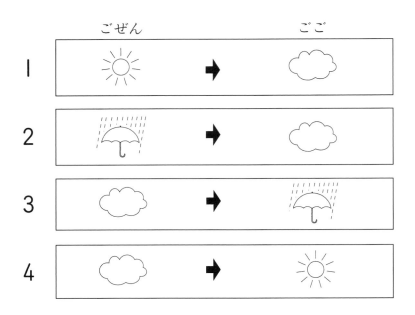

6ばん 🎧172 (二) 13回

1. 天気が悪かったからです。

2. カメラがなかったからです。

3. メモリカードがなかったからです。

4. 写真を撮りたくなかったからです。

もんだい３ 🎧173

もんだい３では、えを　みながら　しつもんを　きいて　ください。
➡（やじるし）の　ひとは　なんと　いいますか。　１から３の
なかから、いちばん　いい　ものを　ひとつ　えらんでください。

第一回

１ばん 🎧174 （三）１回

2 ばん 🎧 175 (三) 1回

3 ばん 🎧 176 (三) 1回

4 ばん  （三）1回

5 ばん  （三）1回

1 ばん 🎧⁽¹⁷⁹⁾ （三）2回

2 ばん 🎧⁽¹⁸⁰⁾ （三）2回

3 ばん  181（三）2回

4 ばん  182（三）2回

第三回

1 ばん  184 (三) 3 回

2 ばん 185 (三) 3 回

3 ばん  ₁₈₆ (三) 3 回

4 ばん ₁₈₇ (三) 3 回

5 ばん

1 ばん  189 （三）4 回

2 ばん 190 （三）4 回

3 ばん  191 （三）4回

4 ばん 192 （三）4回

5 ばん  （三）4回

1 ばん 🎧194 （三）5回

2 ばん 🎧195 （三）5回

3 ばん 🎧 196 （三）5 回

4 ばん 🎧 197 （三）5 回

5 ばん 🎧 ⑲⑧ (三) 5 回

第六回

1 ばん 🎧199 (三)6回

2 ばん 🎧200 (三)6回

3 ばん 🎧 201 (三) 6回

4 ばん 🎧 202 (三) 6回

第七回

1 ばん 🎧 204 (三) 7 回

2 ばん 🎧 205 (三) 7 回

3 ばん 🎧 206 （三）7回

4 ばん 🎧 207 （三）7回

5 ばん  208 （三）7 回

1 ばん 🎧 209 (三) 8回

2 ばん 🎧 210 (三) 8回

3 ばん 🎧 ⁽²¹¹⁾ (三) 8 回

4 ばん 🎧 ⁽²¹²⁾ (三) 8 回

もんだい４ 🎧214

もんだい４には、えなどが ありません。ぶんを きいて、１から３の
なかから いちばん いい ものを ひとつ えらんで ください。

第一回 （１ばん～６ばん： 🎧215 ～ 🎧220）

第二回 （１ばん～６ばん： 🎧221 ～ 🎧226）

第三回 （１ばん～６ばん： 🎧227 ～ 🎧232）

第四回 （１ばん～６ばん： 🎧233 ～ 🎧238）

第五回 （１ばん～６ばん： 🎧239 ～ 🎧244）

第六回 （１ばん～６ばん： 🎧245 ～ 🎧250）

第七回 （１ばん～６ばん： 🎧251 ～ 🎧256）

第八回 （１ばん～６ばん： 🎧257 ～ 🎧262）

スクリプト

（一）課題理解・第一回

1 ばん 🎧038 （一）1 回 P.62

男の人と女の人が話しています。パーティーはいつですか。

F ：パーティーの日はいつですか。

M ：えー、4月8日です。

F ：えっ、7月？

M ：いいえ。7月じゃなくて4月です。

パーティーはいつですか。

男女兩人正在交談。聚會是何時？

女：聚會是哪一天啊？
男：唔，4月8號。
女：咦？7月？
男：不是。不是7月，是4月。

聚會是何時？

1. 4月4日。　　　2. 4月8日。
3. 7月4日。　　　4. 7月8日。

2 ばん 🎧039 （一）1 回 P.62

料理の先生が話しています。次のクラスはいつですか。

M ：みなさん。6月のクラスは今日で終わりです。次のクラスは7月4日です。

次のクラスはいつですか。

烹飪老師正在講話。下一梯的課程是何時？

男：各位同學，6月的課程到今天結束。下一梯的課程是7月4日開始。

下一梯的課程是何時？

1. 7月4日　　　　2. 7月8日
3. 1月4日　　　　4. 1月8日

3 ばん 🎧040 （一）1 回 P.63

男の人と女の人が話しています。宿題は何曜日までですか。

M ：この宿題、あさっての金曜日までですよね。

F ：えっ、違います。明日までですよ。

M ：明日まで？

F ：ほんとですよ。木曜日の朝までですよ。今日は水曜日です。

M ：ああ、大変だ。

宿題は何曜日までですか。

男女兩人正在交談。作業的繳交期限是到星期幾？

男：這份作業的繳交期限是到後天，也就是星期五對吧？
女：咦？不對喔！是到明天喔！
男：到明天？
女：對啊！到星期四早上，今天是星期三。
男：啊！完蛋了。

作業的繳交期限是到星期幾？

1. 到星期二。
2. 到星期三。
3. 到星期四。
4. 到星期五。

4 ばん 🎧 041 (一) 1回　P.63

<gakusei>学生</gakusei>と<sensei>先生</sensei>が<hana>話</hana>しています。テストはいつですか。

F：<sensei>先生</sensei>、テストは<ashita>明日</ashita>ですか。

M：いいえ、あさってです。<mokuyou>木曜</mokuyou><bi>日</bi>ですよ。

F：えー、<sensei>先生</sensei>、あさっては<suiyou>水曜</suiyou><bi>日</bi>ですけど…。

M：あっ、<hontou>本当</hontou>だ。そうですね、<suiyoubi>水曜日</suiyoubi>ですね。この<hi>日</hi>です。

F：はい。<wa>分</wa>かりました。

テストはいつですか。

老師和學生正在講話。考試是什麼時候？

女：老師，考試是明天嗎？
男：不是，是後天。星期四喔！
女：咦？老師，後天是星期三耶……。
男：啊！對耶。唔，星期三啊！考試就是這天。
女：好，我知道了。

考試是什麼時候？

1. 明天，星期三。
2. 明天，星期四。
3. 後天，星期三。
4. 後天，星期四。

5 ばん 🎧 042 (一) 1回　P.64

<otoko>男</otoko>の<hito>人</hito>と<onna>女</onna>の<hito>人</hito>が<hana>話</hana>しています。<futari>二人</futari>はいつ<a>会</a>いますか。

F：はい、<yamashita>山下</yamashita>です。

M：もしもし、<morita>森田</morita>です。

F：あ、<morita>森田</morita>さん？

M：あのう、<nichiyoubi>日曜日</nichiyoubi>ね。

F：ええ。

M：<nichiyoubi>日曜日</nichiyoubi>ではなくて、<doyoubi>土曜日</doyoubi>にしませんか。

F：<doyoubi>土曜日</doyoubi>ですか。ええと、あっ、いいですよ。で、<jikan>時間</jikan>は？

M：7<ji>時</ji>にしましょう。

F：え？1<ji>時</ji>？

M：いいえ、7<ji>時</ji>です。なな。

F：ああ、7<ji>時</ji>ですね。

M：ええ、そうです。

F：<wa>分</wa>かりました。

M：じゃ。

<futari>二人</futari>はいつ<a>会</a>いますか。

男女兩人正在交談。兩人何時碰面？

女：我是山下。
男：喂，我是森田。
女：啊！森田啊？
男：我星期天啊……。
女：嗯？
男：不要星期天，我們改到星期六如何？
女：星期六啊？唔，啊，可以啊！幾點？
男：7點好了。

女：咦？1點？
男：不是啦！是 7 點。7。
女：喔！7 點啊？
男：對。
女：我知道了。
男：那就先這樣。

兩人何時碰面？

1. 星期六，1點　　　2. 星期六，7 點
3. 星期天，1點　　　4. 星期天，7 點

6 ばん 🎧043 （一）1回　P.64

男_{おとこ} の人_{ひと} と 女_{おんな} の人_{ひと} が電話_{でんわ} で話_{はな} しています。2人_{ふたり} は何時_{なんじ} に会_あ いますか。

M ：今日_{きょう} の映画_{えいが} 、楽_{たの} しみだね。で、何時_{なんじ} に会_あ う？

F ：映画_{えいが} は4時_じ 半_{はん} だから、始_{はじ} まる15分前_{ふんまえ} に映画館_{えいがかん} の前_{まえ} で会_あ いましょう。

M ：そうだね。

2人_{ふたり} は何時_{なんじ} に会_あ いますか。

男女兩人正在講電話。兩人幾點碰面？

男：我好期待今天的電影喔！我們幾點碰面啊？
女：電影是從 4 點半開始，我們就在開演前 15 分鐘在電影院前面碰面吧！
男：好啊！

兩人幾點碰面？

1. 4 點　　　　　　2. 4 點 15 分
3. 4 點 30 分　　　4. 4 點 45 分

7 ばん 🎧044 （一）1回　P.65

男_{おとこ} の人_{ひと} と 女_{おんな} の人_{ひと} が話_{はな} しています。2人_{ふたり} は明日_{あした} 何時_{なんじ} に会_あ いますか。

F ：じゃ、明日_{あした} 11 時_じ にここで会_あ いましょう。

M ：うーん、30 分_{さんじゅっ ぷん} 遅_{おそ} くしませんか。昼_{ひる} ご飯_{はん} にちょうどいいでしょう？

F ：そうですね。じゃ、そうしましょう。

2人_{ふたり} は明日_{あした} 何時_{なんじ} に会_あ いますか。

男女兩人正在交談。兩人明天幾點碰面？

女：那明天 11 點在這裡碰面吧！
男：唔，要不要晚個 30 分鐘，這樣剛好可以一起吃午餐？
女：嗯，那就這樣吧！

兩人明天幾點碰面？

1. 10 點半。　　　　2. 11 點。
3. 11 點半。　　　　4. 12 點。

(一) 課題理解・第二回

1 ばん 🎧045 （一）2回　P.66

女_{おんな} の人_{ひと} は部屋_{へや} を何度_{なんど} にしますか。

F ：少_{すこ} し寒_{さむ} いですね。

M ：そうですね。今、部屋は何度
　　ですか。

F ：ええと、21 度です。

M ：もうすこし高くしませんか、
　　3 度ぐらい。

F ：そうですね。それじゃ、3 度
　　高くしましょう。

M ：お願いします。

> 女の人は部屋を何度にします
> か。

女人將房間設定為幾度？

女：有點冷耶。
男：對啊！房間現在幾度啊？
女：21 度。
男：要不要把溫度調高一點？調高 3 度左右。
女：好啊！就調高 3 度吧！
男：那麻煩妳了。

女人將房間設定為幾度？

2 ばん 🎧 046 （一）2 回　P.66

> のり子さんは、コップをいくつ出
> しますか。

F1：すみません、のり子さん。
　　コップを出してください。

F2：はい、いくつですか。

F1：うん、お客様二人のと、私
　　のと、のり子さんの。

F2：はい。

> のり子さんはコップをいくつ出し
> ますか。

典子要拿幾個杯子出來？

女1：不好意思，典子。請妳把杯子拿出來。
女2：好的，要拿幾個？
女1：唔，兩位客人的、我的、還有妳的。
女2：好。

典子要拿幾個杯子？

1. 2 個。　　　　　　2. 3 個。
3. 4 個。　　　　　　4. 5 個。

3 ばん 🎧 047 （一）2 回　P.67

> 女の人は何冊、本を買います
> か。

M ：今度までに、この 4 冊の本を
　　読んでくださいね。

F ：4 冊、全部買いますか。

M ：そうですね。これとこれは図
　　書館にありますから、借りて
　　ください。それから、この
　　小さい本は買ってください。
　　これから、ずっと使いますか
　　ら。

F ：はい。

M ：もう 1 冊は、私のを貸しま
　　しょう。

F ：ありがとうございます。
　　じゃ、お願いします。

> 女の人は何冊、本を買いますか。

女人要買幾本書？

男：在下次之前請妳先讀完這 4 本書喔！

女：這 4 本全部都要買嗎？

男：唔，這本和那本圖書館有，請妳跟圖書館借閱。然後這本小本的書要買，因為會一直用到它。

女：好的。

男：剩下的 1 本，我就把我的借給妳吧！

女：謝謝。那就拜託你了。

女人要買幾本書？

1. 1 本。　　　　　　2. 2 本。
3. 3 本。　　　　　　4. 4 本。

4 ばん　🎧 048　（一）2 回　P. 67

おんな ひと
女 の人は、どんなりんごをいく
か
つ買いますか。

F　：すみません、大きいりんごは
　　　いくらですか。

M　：あれは一つ 200 円、三つで
　　　500 円。

F　：この小さいのは？

M　：180 円、五つだと 800 円。
　　　サービスです。

F　：じゃ、小さいのを五つと大き
　　　いのを一つ。

M　：はい、ありがとうございま
　　　す。

おんな ひと
女 の人はどんなりんごをいくつ
か
買いますか。

女人要買哪一種蘋果？要買幾個？

女：不好意思，大顆的蘋果要多少錢？

男：大顆的一個 200 日圓，三個 500 日圓。

女：那這個小的呢？

男：180 日圓，五個 800 日圓。這是優惠喔！

女：那我要五個小的和一個大的。

男：謝謝。

女人要買哪一種蘋果？要買幾個？

5 ばん　🎧 049　（一）2 回　P. 68

おとこ ひと かぎ あ かた おし
男 の人が鍵の開け方を教えてい
あ
ます。どうやって開けますか？

M　：では、この鍵の開け方を教え
　　　ます。こうやってボタンを押
　　　してください。いいですか、
　　　始めが 4。そして 3。それか
　　　ら 1、6 です。分かりました
　　　か。

みんな：はい。

あ
どうやって開けますか。

男人正在說明開鎖的方法。要怎麼打開呢？

男：我現在來教大家如何打開這個鎖。像這樣按住按鈕。注意，首先是 4，再來是 3。然後是 1、6。這樣了解嗎？

大家：了解了。

要怎麼打開呢？

6 ばん　🎧 050　（一）2 回　P. 68

おんな ひと きっぷ か
女 の人が切符を買っています。
おんな ひと
女 の人はこのあと、どうします
か。

F ：すみません、おとな、1枚ください。

M ：はい、あれ？ 140円しかありませんよ。

F ：え？

M ：あっ、先週から高くなったんですよ。大人は160円です。

F ：あっ、そうですか。

女の人はこのあと、どうしますか。

女人正在買車票。女人之後要做什麼？

女：不好意思，我要一張成人票。
男：好的，咦？您只付了140日圓喔！
女：咦？
男：從上個星期開始票價就調漲了。成人票是160日圓。
女：這樣啊！

女人之後要做什麼？

1. 付20日圓。　　2. 付140日圓。
3. 付160日圓。　　4. 付300日圓。

7ばん 051 （一）2回　P.69

男の人と女の人が、学校で話しています。男の人は何枚コピーしますか。

M ：先生、このテストの問題は、何枚コピーしますか？

F ：そうですね、学生は全部で30人ですが、それより10枚多くコピーしてください。

M ：分かりました。

男の人は何枚コピーしますか。

男女兩人正在學校交談。男人要影印幾張？

男：老師，這份考卷要印幾張呢？
女：唔，學生總共有30人，請你多印個10張好了。
男：我知道了。

男人要影印幾張？

1. 10張。　　2. 20張。
3. 30張。　　4. 40張。

㈠ 課題理解・第三回

1ばん 052 （一）3回　P.70

男の人と女の人が話しています。男の人は子供にみかんをいくつずつあげますか。

F ：すみませんが、このみかんを全部子供たちにあげてください。

M ：はい。

F ：みかんは10個ありますから。

M ：子供は？

F ：5人です。

M ：みんなに同じに？

F ：はい。

男の人は子供にいくつずつみかんをあげますか。

男女兩人正在交談。男人給小孩各幾個橘子？

女：不好意思，請把這些橘子全部拿給孩子們。
男：好。
女：因為有 10 個橘子……。
男：有幾個小孩子？
女：5 個。
男：大家平分？
女：對。

男人給小孩各幾個橘子？

1. 每人各 1 個。
2. 每人各 2 個。
3. 每人各 3 個。
4. 每人各 5 個。

2 ばん　🎧 053 （一）3 回　P. 70

男の人と女の人が話しています。男の人に電話するときは、何番を押しますか。

M：田中さんの部屋の番号は何番ですか。
F：811 です。
M：あ、私の部屋番号は 818 です。困ったときは電話してください。電話するときは、始めに 9 を押して、それから、部屋番号を押してください。
F：分かりました。どうもありがとうございます。

男の人に電話するときは、何番を押しますか。

男女兩人正在交談。打電話給男人時，要按幾號？

男：田中小姐的房間號碼是幾號？
女：811。
男：喔！我的房間號碼是 818。有什麼問題就請妳打電話過來。撥的時候先按 9，然後再按房間號碼。
女：我知道了。謝謝你。

打電話給男人時，要按幾號？

3 ばん　🎧 054 （一）3 回　P. 71

女の人はどの雑誌をとりますか。

M：すみません、雑誌を取ってください。
F：あ、テレビの上のですか。
M：それ、英語のですか。
F：いいえ、日本語です。
M：あっ、じゃ、それじゃありません。
F：英語のはいすの上にありますけど。机のところの。
M：ああ、それです。お願いします。

女の人はどの雑誌をとりますか。

女人拿哪一本雜誌？

男：不好意思，請幫我拿一下雜誌。
女：啊！在電視上面的那一本嗎？
男：那是英文的嗎？
女：不是，是日文的。

男：啊！那就不是那一本。
女：英文雜誌在書桌那邊的椅子上。
男：喔！就是那本。麻煩妳了。

女人拿哪一本雜誌？

4 ばん 🎧 055 （一）3 回 P.71

男の人と女の人が話していま
す。花瓶はどう置きますか。

M：花瓶はどう置きますか。

F：そうですね。じゃあ、上に
　　1 つ置きましょう。次が 2
　　つ。下が 3 つ。どうです
　　か？

M：うーん、あまり良くないです
　　ね。

F：じゃあ、上が 3 つ。いちば
　　ん下が 1 つ。どうですか？

M：ああ、いいですね。

花瓶はどう置きますか。

男女兩人正在交談。花瓶要怎麼放呢？

男：花瓶要怎麼放呢？
女：唔，上面放一個好了。中間放 2 個。下面
　　放 3 個。這樣如何？
男：唔，這樣好像不太好。
女：那上面放 3 個。最下面放 1 個。這樣
　　呢？
男：喔！不錯。

花瓶要怎麼放呢？

5 ばん 🎧 056 （一）3 回 P.72

男の人と女の人が話していま
す。男の人はどれを取ります
か。

F：あ、すみません。そこのテー
　　ブルの下の本を取ってくれま
　　せんか。

M：ええと、これですか。

F：いいえ、それじゃなくて箱の
　　上のです。

男の人はどれを取りますか。

男女兩人正在說話。男人要拿哪一個？

女：不好意思，可以請你幫我拿一下那張餐桌
　　下面的書嗎？
男：好，是這一本嗎？
女：不是，不是那一本，是在箱子上面的那一
　　本。

男人要拿哪一個？

6 ばん 🎧 057 （一）3 回 P.72

女の人がタクシーの男の人と話
しています。タクシーはどの道を
行きますか。

M：あの先の橋を渡りますか。

F：いいえ、あそこを右に曲っ
　　て。

M：橋は渡らないんですね。

F ：ええ、で、次の角を曲って。

M ：ええ。

F ：まっすぐ行ってください。

M ：はい、分かりました。

タクシーはどの道を行きますか。

女人正在和男性計程車司機交談。計程車要走哪一條路呢？

男：要過前面那座橋嗎？
女：不要，在那邊右轉。
男：不要過橋，對吧？
女：對，在下一個轉角轉彎。
男：好。
女：請你直走。
男：好，我知道了。

計程車要走哪一條路呢？

7 ばん 🎧 058 （一）3 回 P.73

タクシーの中で女の人が男の人に話しています。タクシーはどう行きますか。

F ：あの、あそこに大きな木がありますね。

M ：はい。

F ：あの木の向こうの道を右に曲がってください。

M ：はい、分かりました。木の向こうを右ですね。

F ：ええ、そうです。

タクシーはどう行きますか。

女人在計程車中跟男人交談。計程車要怎麼走呢？

女：那邊有一棵大樹對吧？
男：對。
女：請你在那棵樹對面的那條路右轉。
男：好，我知道了。在樹的對面右轉對吧！
女：對。

計程車要怎麼走呢？

(一) 課題理解・第四回

1 ばん 🎧 059 （一）4 回 P.74

男の人と女の人が駅で話しています。男の人はどのトイレに入りますか。

F ：今日は寒いですね。

M ：そうですね、あのう、私はすこしおなかが痛いんですが。

F ：では、この駅の前の喫茶店で何か温かいものを飲みましょう。

M ：そうしましょう、でも、あの店にトイレがありますか。

F ：ありますが、とても汚いです。あのデパートのがきれいですよ。

M ：そうですね、でも、それは4階ですね。

F ：では、デパートのうしろの図書館に入りましょう、1階でとてもきれいですから。

M ：でも遠くありませんか、わあ、もうとても痛いです。

F ：ああ、すみません、じゃ、一番近いここのトイレがいいでしょう。

M ：はい、そうします。ちょっとすみません。

男の人はどのトイレに入りますか。

2 ばん 060 (一) 4 回 P.74

男の人と女の人が話しています。男の人は明日どこで女の人に会いますか。

F ：明日はどこで会う？

M ：いつもの喫茶店はどう？

F ：あの店は明日休み。

M ：そうか。じゃ、あの店の隣の本屋はどう。

F ：いいわ。本屋の前？

M ：寒いから中にしようか。

F ：中ね。わかった。

男の人は明日どこで女の人に会いますか。

男女兩人正在車站交談。男人要去哪一間廁所？

女：今天好冷喔！
男：對啊！呃……，我的肚子有點痛。
女：那我們到車站前面的咖啡店喝一點熱的東西吧！
男：好啊！可是那間店裡面有廁所嗎？
女：有，不過很髒。那間百貨公司的廁所倒很乾淨。
男：這樣啊！可是在 4 樓對吧？
女：那到百貨公司後面的圖書館吧！廁所在一樓，而且又乾淨。
男：不會很遠嗎？啊……，肚子好痛喔！
女：啊！抱歉，那到最近的這裡的廁所吧！
男：好。我先失陪一下。

男人要去哪一間廁所？

1. 咖啡店的廁所。
2. 車站的廁所。
3. 百貨公司的廁所。
4. 圖書館的廁所。

男女兩人正在交談。明天男人要在哪裡與女人碰面？

女：明天要在哪裡碰面？
男：就在每次相約的咖啡店如何？
女：那間店明天沒開。
男：這樣啊！那就約在咖啡店隔壁的書店如何？
女：好。在書店前面？
男：天氣這麼冷，約在裡面好了。
女：裡面啊！我知道了。

明天男人要在哪裡與女人碰面？

1. 書店裡面。
2. 書店前面。
3. 老地方的咖啡店裡面。
4. 老地方的咖啡店前面。

男の人はあとでどの部屋へ行きますか？

F：じゃ、ヤンさんの部屋に、みんな行くんですね？

M：ええ、私もあとで行きますから。

F：ヤンさんの部屋は3階ですね。

M：ええ。階段を上がって、右に行って。ドアにきれいな山の絵が貼ってあるから、すぐ分かりますよ。

F：山の絵ですね。オーケー。

M：じゃ、あとで。

男の人はあとでどの部屋へ行きますか？

男人稍後要去哪個房間？

女：大家都會去楊先生家吧？
男：對啊！我也是待會再過去。
女：楊先生家在三樓吧？
男：對。上樓梯之後往右走。門上貼有一張漂亮的山岳畫，很好找的。
女：山的圖畫啊！好。
男：那待會見。

男人稍後要去哪個房間？

男の人と女の人が話しています。2人はこのあと、どこへ行きますか。

F：お昼ご飯はもう食べましたか。

M：あっ、もうこんな時間ですね。一緒に食堂へ行きましょうか。

F：いつも食堂ですね。今日は駅のレストランへ行きませんか。

M：駅まではちょっと時間がかかりますね。隣の喫茶店が近くていいですよ。

F：そうですね。じゃあ、そうしましょう。

2人はこのあと、どこへ行きますか。

男女兩人正在交談。兩人之後要去哪裡吃飯？

女：你吃過午餐了嗎？
男：啊！已經這麼晚了啊！要不要一起去食堂？
女：每次都吃食堂。今天要不要去車站的西餐廳？
男：到車站要花點時間耶。旁邊的咖啡店比較近，去那裡好了啦！
女：好啊！就去那裡吧！

兩人之後要去哪裡吃飯？

1. 食堂。　　　　　　2. 車站。
3. 西餐廳。　　　　　4. 咖啡店。

5ばん 🎧 063 (一) 4回 P.76

男の人と女の人がデパートの中で話しています。男の人はこのあと、どこへ行きますか。

M：すみません、ネクタイは、どこですか。

F：6階です。

M：靴も6階ですか。

F：いいえ、靴は7階です。となりの建物です。あちらからどうぞ。

M：そうですか。じゃ、先に靴を見に行きます。ありがとうございました。

男の人はこのあと、どこへ行きますか。

男女兩人正在百貨公司交談。男人之後要去哪裡？

男：不好意思，請問領帶在哪裡？
女：在6樓。
男：鞋子也在6樓嗎？
女：不是，鞋子在隔壁棟的7樓。請您從那邊過去。
男：這樣啊！那我先去看鞋子。謝謝。

男人之後要去哪裡？

1. 這一棟的6樓。
2. 這一棟的7樓。
3. 隔壁棟的6樓。
4. 隔壁棟的7樓。

6ばん 🎧 064 (一) 4回 P.76

男の人と女の人が電車に乗っています。男の人は窓をどうしますか。

M：風強いですね、窓を閉めませんか。

F：暑いので、今、開けたんですよ。

M：そうですか。じゃ、半分だけ。

F：ええ、そうしてください。

男の人は窓をどうしますか。

男女兩人正在搭乘電車。男人要怎麼處理窗戶？

男：風好大，要不要把窗戶關起來？
女：因為很熱，所以我剛剛才把它打開的。
男：這樣啊！那關一半。
女：好，那就請你關吧！

男人要怎麼處理窗戶？

1. 開一半。　　　　2. 關一半。
3. 全部打開。　　　4. 全部關起來。

7ばん 🎧 065 (一) 4回 P.77

男の人と女の人が料理をしています。女の人は次に何をしますか。

F　：わあ、おいしそう。

M　：それ、まだ食べないでください。

F ：はい、分かってます。

M ：じゃ、火を弱くしてから、卵を入れてください。

F ：はい。

女の人は次に何をしますか。

男女兩人正在做菜。女人下一步要做什麼？

女：哇！好像很好吃耶。
男：請妳先不要吃。
女：好，我知道啦。
男：那請妳把火關小一點，然後把蛋放進去。
女：好。

女人下一步要做什麼？

1. 把火開強一點，然後把蛋放進去。
2. 把火關小一點，然後把蛋放進去。
3. 把火開強一點再吃。
4. 把火關小一點再吃。

(一) 課題理解・第五回

1 ばん 🎧066 (一) 5回 P.78

女の人が話しています。練習はどんな順番でやりますか。

F ：今日の練習はいろいろあるから大変ですよ。はじめにプールで30分泳いで、それから自転車で1時間、そして公園で30分走ります。えー、休みはですね、走る前に30分ぐらい休みましょう。

練習はどんな順番でやりますか。

女人正在講話。要按照哪一個順序練習呢？

女：今天有各種練習，所以大家會比較辛苦一點。首先在游泳池游30分鐘，然後騎一個小時的腳踏車，再到公園跑30分鐘。唔，至於休息嘛，就在跑步之前休息30分鐘吧！

要按照哪一個順序練習呢？

2 ばん 🎧067 (一) 5回 P.78

女の人がスポーツの練習について話しています。どの順番で練習しますか。

F ：今日の練習は少し長いです。まず30分ぐらい自転車で走ります。それから1時間ぐらい走ります。少し休んで1時間ぐらいプールで泳ぎましょう。

どの順番で練習しますか。

女人正在談論關於運動的練習。要按照何種順序練習呢？

女：今天練習的時間會稍微長一點。首先騎30分鐘左右的腳踏車。然後再跑一個小時。稍做休息之後再游泳1個小時。

要按照何種順序練習呢？

3 ばん 🎧068 （一）5 回　P.79

> ホテルで先生が学生たちに話しています。学生たちはこれからどうしますか。
>
> M ：えー、これから皆さん自分の部屋に入ってください。荷物は自分で持ってください。晩ご飯は食堂で 6 時半からです。その前にお風呂に入ってください。
>
> 学生たちはこれからどうしますか。

老師在飯店裡和學生們講話。學生們現在要做什麼？

男：現在請大家進去自己的房間。行李請自己拿。晚餐的地點在食堂，時間是從 6 點半開始。在那之前請大家先洗澡。

學生們現在要做什麼？

4 ばん 🎧069 （一）5 回　P.79

> 教室で先生が話しています。学生はどのページを開けますか。
>
> 先生：じゃあ、始めましょう。教科書の 184 ページを開けてください。
>
> 学生：84 ページですか。
>
> 先生：いいえ、184 ページです。

> 学生はどのページを開けますか。

教室裡老師在講話。學生要打開哪一頁？

老師：那開始吧！請打開課本 184 頁。
學生：84 頁嗎？
老師：不是，是 184 頁。

學生打開哪一頁？

5 ばん 🎧070 （一）5 回　P.80

> 先生が教室で話しています。今日は何番から勉強しますか。
>
> 先生：では、始めましょう。昨日は 5 番の問題から 7 番の問題まで勉強しましたね。
>
> みんな：はい。
>
> 先生：今日は、その次からです。
>
> M ：先生、4 番が分かりませんでした。
>
> 先生：そうですか。では、今日の問題が終わってから、もう一度しましょう。
>
> みんな：はい。
>
> 何番から勉強しますか。

老師正在教室講話。今天要從第幾題開始上？

老師：那我們開始上課吧！昨天我們上了第五題到七題對吧！
大家：對。
老師：我們今天就接著上吧！
男　：老師，第四題我不懂耶。
老師：這樣啊！那今天的題目上完之後我再講一次。

大家：好。

要從第幾題開始上？

6 ばん 🎧071 (一) 5回 P.80

> おんな ひと はな や さい
> 女 の人が話しています。野菜は
> どうなりますか。
>
> F ：それでは作りましょう。野菜
> は半分に切ってから、薄く
> 切ってください。それから、
> 水に入れてください。
>
> や さい
> 野菜はどうなりますか。

女人正在講話。蔬菜成了什麼樣子？

女：那我們開始做菜吧！請把蔬菜切成一半之
後再切薄。然後請放入水裡。

蔬菜成了什麼樣子？

7 ばん 🎧072 (一) 5回 P.81

> おとこ ひと おんな ひと はな
> 男 の人と 女 の人が話していま
> おとこ ひと かさ わた
> す。男 の人はどの傘を渡します
> か。
>
> F ：すみません。傘を取ってくだ
> さい。
> M ：はい、どれですか。
> F ：あの、私 の名前が書いてあ
> ります。
> M ：えーっと、山川さんのは2本

> ありますけど。
> しろ
> F ：白いのです。
>
> おとこ ひと かさ わた
> 男 の人はどの傘を渡しますか。

男女兩人正在交談。男人要拿哪一把傘給女
人？

女：不好意思。請你幫我拿一下傘。
男：好，是哪一把？
女：上面有寫我的名字。
男：唔，上面寫著山川的，有兩把耶。
女：是白色的那一把。

男人要拿哪一把傘給女人？

(一) 課題理解・第六回

1 ばん 🎧073 (一) 6回 P.82

> おとこ ひと おんな ひと でん わ はな
> 男 の人と 女 の人が電話で話して
> おとこ ひと たてもの い
> います。男 の人はどの建物へ行
> きますか。
>
> でん わ よびだしおと
> （電話の呼出音）
> M ：もしもし、今、駅の前にいま
> す。
> F ：はい。では、そこから建物が
> 4つ、見えますね。
> M ：はい。
> わたし かいしゃ まる たてもの
> F ：私 の会社は、丸い建物で
> くろ たか たてもの うし
> す。黒くて高い建物の後ろで
> す。

M ：ああ、丸いのは 2 つありますね。

F ：ええ、低いほうです。

男の人はどの建物へ行きますか。

男女兩人正在電話中交談。男人要去哪一棟建築物？

（電話鈴聲）
男：喂，我現在在車站前面。
女：好。從那裡可以看到 4 棟建築物吧？
男：是。
女：我的公司是一棟圓形建築物。在一棟黑色的高大建築物後面。
男：喔！有兩棟圓形建築物對吧？
女：對，是比較矮的那一棟。

男人要去哪一棟建築物？

2ばん　🎧074　（一）6回　P.82

男の人と女の人が話しています。男の人は、どのバスに乗りますか。

F ：速く乗ってください。バスが出ますよ。

M ：どのバスですか。

F ：その白いのです。

M ：はい。

F ：あ、違いますよ。小さいほうです。

M ：あ。

男の人は、どのバスに乗りますか。

男女兩人正在交談。男人要搭乘哪一輛公車？

女：趕快上車。公車要出發囉！
男：哪一輛公車啊？
女：那輛白色的。
男：好。
女：啊！不對。是那輛小台的。
男：啊！

男人要搭乘哪一輛公車？

3ばん　🎧075　（一）6回　P.83

男の人と女の人が話しています。女の人は何を取りに行きますか。

M ：ちょっと切るもの持って来てください。

F ：えっ、はさみですか。

M ：いや、このケーキを切ります。

F ：あっ、ケーキですね。ちょっと待ってください。

女の人は何を取りに行きますか。

男女兩人正在交談。女人要去拿什麼？

男：請妳去把刀具拿過來一下。
女：咦？剪刀嗎？
男：不是，我要切這個蛋糕。
女：啊！蛋糕啊！請等一下。

女人要去拿什麼？

1. 剪刀。
2. 刀子。
3. 蛋糕。
4. 盤子。

4 ばん 🎧 076 （一） 6 回 P. 83

女の子とお母さんが話しています。お母さんは何を渡しますか。

F1 ：お母さん、行ってきます。

F2 ：あっ、ちょっと待って。あれをかぶって行きなさい。

F1 ：ええ、どうして。

F2 ：まだ風邪引いているでしょう。頭も暖かくしなさい。

F1 ：はい。

お母さんは何を渡しますか。

女孩正在和媽媽講話。媽媽要交什麼給她？

女1：媽媽，我出門囉！
女2：啊！等一下。把那個戴上再出門。
女1：咦？為什麼？
女2：妳感冒還沒好，讓頭部保持溫暖。
女1：好啦！

媽媽要交什麼給她？

5 ばん 🎧 077 （一） 6 回 P. 84

お母さんと男の子が話しています。これから2人はどこへ行きますか。

F ：太郎ちゃん、買い物に行きましょう。

M ：うん。どこへ行くの？魚を買うの？

F ：ううん。魚はあるから肉と果物よ。

これから2人はどこへ行きますか。

媽媽和男孩正在講話。現在兩人要去哪裡？

女：太郎，我們去買東西吧！
男：嗯，要去哪裡？買魚嗎？
女：不是。魚已經有了，去買肉和水果喲！

現在兩人要去哪裡？

1. 魚肉店。　　　　　　2. 魚肉店和肉品店。
3. 肉品店和水果店。　 4. 魚肉店和水果店。

6 ばん 🎧 078 （一） 6 回 P. 84

女の人と男の人が話しています。男の人はデパートで何を買いますか。

F ：すみません、リーさん、買い物をお願いします。

M ：分かりました。

F ：えっと、八百屋で野菜と果物を買ってください。

M ：はい。

F ：それから、デパートで、肉を買ってください。

M ：パンはどうしますか。

F ：そうですね。デパートで買っ
てください。おいしいパン屋
がありますから。

M ：はい、分かりました。じゃ
あ、行ってきます。

男の人はデパートで何を買いま
すか。

男女兩人正在交談。男人在百貨公司買什麼？

女：不好意思，李先生，我想請你幫我買東
　　西。
男：我知道了。
女：唔，請你幫我到蔬果店買個蔬菜和水果。
男：好。
女：然後再到百貨公司買肉。
男：那麵包呢？
女：唔，請你在百貨公司買好了。那裡有好吃
　　的麵包店。
男：好，我知道了。那我出門了。

男人在百貨公司買什麼？

1. 蔬菜和水果。　　2. 蔬菜和肉。
3. 麵包和水果。　　4. 麵包和肉。

7 ばん 🎧079 (一) 6回 P.85

女の人が飲み物を頼んでいま
す。店の人は何を、いくつ出しま
すか。

F ：すみません、お茶ください。

M ：はい、むっつですね。

F ：あ、でも、この子とこの子は
水にしてください。

M ：はい、分かりました。

店の人は何を、いくつ出します
か。

女人正在點飲料。店裡的人要端出什麼？端出
幾杯？

女：不好意思，請給我茶。
男：好的，要6杯對吧？
女：啊，請你給這兩個孩子開水。
男：好的，我知道了。

店裡的人要端出什麼？端出幾杯？

1. 6杯茶。
2. 2杯茶和4杯水。
3. 3杯茶和3杯水。
4. 4杯茶和2杯水。

(一) 課題理解・第七回

1 ばん 🎧080 (一) 7回 P.86

2人の女の人が話しています。
アイスクリームはいくつ買います
か。

F1：アイスクリーム、いくつ買い
ますか。

F2：田中さんの家族は、田中さん
たちと太郎君と次郎君と美智
子ちゃんの5人でしょう。そ
してあなたと私。

F1：じゃあ。

アイスクリームはいくつ買います
か。

兩個女人正在講話。她們要買幾個冰淇淋？

女1：要買幾個冰淇淋啊？
女2：田中一家人有田中夫婦，和太郎、次郎還有美智子5個人對吧！再加上妳和我。
女1：那就是……。

她們要買幾個冰淇淋？

1. 4 個。　　　　　2. 5 個。
3. 6 個。　　　　　4. 7 個。

2 ばん　🎧 081 （一）7 回　P.86

男^{おとこ}の人^{ひと}と女^{おんな}の人^{ひと}が話^{はな}しています。男^{おとこ}の人^{ひと}はこのあとは何^{なに}をしますか。

F ：あー疲^{つか}れた。ちょっと休^{やす}んで、コーヒーを飲^のみませんか。

M ：あ、いいですね。

F ：ケーキもありますよ。

M ：コーヒーだけでいいです。もうすぐ出^で掛^かけますから。

F ：私^{わたし}は、やっぱり、ケーキとコーヒーにします。

男^{おとこ}の人^{ひと}はこのあと何^{なに}をしますか。

男女兩人正在交談。男人之後要做什麼？

女：好累啊！要不要休息一下，喝杯咖啡？
男：好啊！
女：也有蛋糕喔！
男：我喝咖啡就好了。因為我等一下要出去。
女：那我還是蛋糕和咖啡都要。

男人之後要做什麼？

1. 喝咖啡。
2. 吃蛋糕。
3. 一邊吃蛋糕，一邊喝咖啡。
4. 不喝咖啡就出門。

3 ばん　🎧 082 （一）7 回　P.87

二人^{ふたり}はこれから何^{なに}をしますか。

F ：そろそろ休^{やす}みましょうか。

M ：ええ、昼^{ひる}ごはんのあと、3 時^じ間^{かん}も仕事^{しごと}をしましたから、ねえ。

F ：そうですねえ。お茶^{ちゃ}を飲^のみましょうか。

M ：そうですね。じゃ、お菓子^{かし}持^もって来^きます。

F ：さっき、チョコレートを食^たべたから、私^{わたし}はけっこうです。

M ：じゃ、私^{わたし}も。お菓子^{かし}はいいですね。

二人^{ふたり}はこれから何^{なに}をしますか。

兩人現在要做什麼？

女：差不多該休息了吧？
男：對啊！午餐後又工作了3個小時。
女：對啊！一起喝個茶吧！
男：好啊！那我去拿點心過來。
女：我剛剛才吃了巧克力，所以我不吃點心了。

男：那我也不吃。那點心就不用了。

兩人現在要做什麼？

1. 吃午餐。　　2. 工作。
3. 喝茶。　　　4. 吃點心。

4 ばん 🎧 083 （一）7回　P.87

男の人と女の人が話しています。女の人はこれからどこへ行きますか。

M ： ひろこさん、ちょっとお茶を飲んでから帰りませんか。

F ： すみません、今日はちょっと…。

M ： テニスの練習ですか。それとも英語の学校ですか。

F ： いいえ、今日は母が駅で待ってるんです。一緒に買い物に行くんです。

M ： そうですか。

女の人はこれからどこへ行きますか。

5 ばん 🎧 084 （一）7回　P.88

男の人と女の人が話しています。男の人は何をしますか。

M ： この部屋ちょっと寒くないですか。

F ： そうですか。

M ： ストーブつけましょうか。

F ： えっ、ストーブ？暑くないですか？

M ： そうですね。あれ、窓が開いていますね。

F ： ええ。掃除をしたとき開けました。

M ： じゃあ、もういいですね。閉めましょうか。

F ： そうですね。お願いします。

M ： はい。

男の人は何をしますか。

男女兩人正在交談。女人現在要去哪裡？

男：廣子，要不要喝個茶再回去？
女：不好意思，今天就不要了。
男：妳是要去練習網球，還是去英文補習班嗎？
女：不是，今天我媽媽在車站等我，我們要一起去買東西。
男：這樣啊！

女人現在要去哪裡？

1. 去咖啡廳。
2. 去車站。
3. 去英文補習班。
4. 去網球場。

男女兩人正在交談。男人要做什麼？

男：這間房間有點冷耶。
女：這樣啊？
男：我們開暖爐吧！
女：咦？暖爐？你不熱嗎？
男：也對啦！咦？窗戶沒關耶。
女：對啊！我打掃房間的時候打開的。
男：那可以了吧？把窗戶關起來吧？
女：好啊！麻煩你關囉。
男：好。

男人要做什麼？

1. 打開暖爐。　　2. 打掃。
3. 開窗戶。　　　4. 關窗戶。

6 ばん 🎧 085 （一）7回 P.88

中学校で男の先生が生徒に話しています。生徒はこのあとどうしますか。

F ：あっ、先生だ。

M ：遊んでいないで早く家に帰って勉強して。

F ：はい、分かりました。

生徒はこのあとどうしますか。

男老師正在國中和學生講話。學生之後要做什麼？

女：啊！是老師。
男：不要玩了，趕快回家念書。
女：好，我知道了。

學生之後要做什麼？

1. 在學校嬉戲。　　2. 在學校念書。
3. 在家嬉戲。　　　4. 在家念書。

7 ばん 🎧 086 （一）7回 P.89

男の人が話しています。この人たちは、この後すぐ何をしますか。

M ：じゃあ、このあとはあの赤い電車に乗って南公園へ行きましょう。そこで自転車を借ります。えーと。今12時ですね…。昼ご飯は、南公園で食べましょう。

この人たちは、この後すぐ何をしますか。

男人正在講話。這些人等一下馬上要做什麼？

男：那我們等一下就搭那輛紅色電車去南公園。在那邊租腳踏車。現在是 12 點……。午餐就在南公園吃吧！

這些人等一下馬上要做什麼？

1. 搭電車。
2. 到南公園散步。
3. 騎腳踏車。
4. 吃午餐。

(一) 課題理解・第八回

1 ばん 🎧 087 （一）8回 P.90

男の人と女の人が話しています。男の人はこのあとどうしますか。

M ：木村さん、もう仕事終わりました？

F ：いいえ、まだです。でも今日はもう疲れたから帰ります。

M ：あのう、映画の切符が2枚あるんですけど、今から一緒に行きませんか。この切符、今日までなんです。

F ：すみません、今日はちょっと…。

M ：そうですか。残念だなー。じゃあ、1人で行きます。

F　：すみません。

M　：いえいえ。

男の人はこのあとどうしますか。

男女兩人正在交談。男人之後要怎麼做？

男：木村小姐，妳工作已經做完了嗎？

女：沒有，還沒。不過因為我今天已經累了所以想回家。

男：我有兩張電影票，要不要現在一起去看電影？電影票的日期是到今天。

女：不好意思，我今天不太方便。

男：這樣啊！好可惜。那我就自己一個人去吧！

女：抱歉。

男：不會啦！

男人之後要怎麼做？

1. 和女人一起工作。
2. 一個人工作。
3. 和女人一起看電影。
4. 一個人看電影。

2ばん　🎧088　（一）8回　P.90

男の人が薬の話をしています。薬はいつ飲みますか。

M　：こちらの薬はですね、夜頭が痛いとき飲んでゆっくり寝てください。いいですか。夜頭が痛いときだけですよ。

薬はいつ飲みますか。

男人正在談論藥品。什麼時候要吃藥？

男：這個藥，就請你在晚上頭痛時服用，好好地睡覺。請注意，只有晚上頭痛的時候才吃喔！

什麼時候要吃藥？

1. 每天晚上睡前服用。
2. 每天早上起床後服用。
3. 晚上頭痛時服用。
4. 晚上肚子痛時服用。

3ばん　🎧089　（一）8回　P.91

女の人と男の人が病院で話しています。男の人は、毎朝、どの薬を飲みますか。

F　：白いお薬は、1日3回、朝、昼、晩のご飯の後に飲んでください。黄色いお薬は、朝と晩の2回飲んでください。青いお薬は、寝る前に飲んでください。

M　：分かりました。

男の人は、毎朝、どの薬を飲みますか。

男女兩人正在醫院交談。男人每天早上要吃什麼藥？

女：白色的藥，請您一天三次，早、午、晚飯後服用。黃色的藥，則請您早晚服用兩次。藍色的藥請您在睡前服用。

男：我知道了。

男人每天早上要吃什麼藥？

1. 只吃白色的藥。
2. 只吃黃色的藥。
3. 白色的藥和黃色的藥。
4. 白色的藥、黃色的藥以及藍色的藥。

4ばん 🎧(090) (一) 8回 P.91

> 男の人と女の人が話しています。名前と番号はどこに書きますか。
>
> M：この紙に名前と番号を書いてください。
>
> F：はい。あ、どこですか。
>
> M：写真の下に名前を書いてください。
>
> F：はい。
>
> M：それで、名前の左に番号を書いてください。
>
> F：はい、分かりました。
>
> 名前と番号はどこに書きますか。

男女兩人正在交談。姓名和號碼要寫在哪裡？

男：請妳在這張紙上寫上姓名和號碼。
女：好。寫在哪裡？
男：請妳把姓名寫在照片下面。
女：好。
男：然後請妳把號碼寫在姓名左邊。
女：好，我知道了。

姓名和號碼要寫在哪裡？

5ばん 🎧(091) (一) 8回 P.92

> 男の人が話しています。写真と名前はどうしますか。
>
> M：写真は紙の左に貼ってください。それから名前は写真の下に書いてください。
>
> 写真と名前はどうしますか。

男人正在講話。照片和名字要如何處理？

男：照片請貼在紙的左邊。名字則請你寫在照片下面。

照片和名字要如何處理？

6ばん 🎧(092) (一) 8回 P.92

> 学校の先生が子供に話しています。明日持ってくるものは何ですか。
>
> F：みなさん、明日山に行きます。昼ごはんはみんなで作りますから、お弁当は持って来ないでください。お菓子も持って来ないでくださいね。それから、写真は先生が取りますから、カメラはいりません。あっ、お茶を飲むコップは、持って来てください。
>
> 明日、持ってくるものは何ですか。

學校老師正在跟小孩子講話。明天要帶什麼東西來？

女：明天大家要一起去爬山。因為要一起做午餐，所以請不要帶便當來。點心也不要帶喔！另外，老師會幫大家照相，所以也不需要帶相機。啊！請大家帶喝茶的杯子來。

明天要帶什麼東西來？

1. 便當。
2. 點心。
3. 相機。
4. 杯子。

7 ばん 🎧093 （一）8回　P.93

女<ruby>の<rt></rt></ruby>子が話しています。この女<ruby>の<rt></rt></ruby>子はあした、何を持っていきますか。

F ：明日は学校のみんなで出掛けるんだよ。勉強しないから鉛筆もノートもいらないの。お弁当は忘れないでくださいって先生が言ってた。飲み物は向こうにお茶があるから。

この女の子はあした、何を持っていきますか。

女孩正在講話。她明天要帶什麼東西去？

女：我們明天學校大家要一起出去。因為不上課所以不需要鉛筆和筆記本。老師說記得要帶便當。那邊有茶可以喝（所以不用帶飲料）。

她明天要帶什麼東西去？

1. 鉛筆。　　　2. 筆記本。
3. 便當。　　　4. 茶。

1 ばん 🎧095 （二）1回　P.94

男<ruby>の<rt></rt></ruby>人と女<ruby>の<rt></rt></ruby>人がカレンダーを見ながら話しています。二人はいつプールに行きますか。

F ：来週、プールに行きませんか。

M ：いいですね。いつにしましょうか。

F ：私は三日と、五日と、七日は大丈夫です。

M ：ああ、そうですか。私は来週は二日から五日まで仕事なので。

F ：じゃ、この日にしましょう。

二人はいつプールに行きますか。

男女兩人正一邊看日曆一邊交談。兩人何時要去游泳？

女：下禮拜要不要去游泳？
男：好啊！什麼時候去？
女：我3號、5號、7號都可以。
男：這樣啊！我下星期2號到5號要上班。
女：那就這天去吧！

兩人何時要去游泳？

2 ばん 🎧 096 （二）1回 P.94

> 女の人と男の人がカレンダーを見ながら話しています。2人はいつ食事に行きますか。
>
> F ：来週会社の後で一緒に食事に行きませんか。
>
> M ：いいですね。いつがいいですか。
>
> F ：月曜か金曜はどうですか。
>
> M ：私は3日から5日まで大阪に行きますが。
>
> F ：そうですか。じゃあ、この日でいいですか。
>
> M ：はい。
>
> 2人はいつ食事に行きますか。

男女兩人正一邊看著日曆一邊交談。兩人何時去吃飯？

女：下禮拜下班之後要不要一起去吃飯？
男：好啊！什麼時候好呢？
女：星期一或星期五如何？
男：我3號到5號要去大阪。
女：這樣啊！那就這一天吧！
男：好。

兩人何時去吃飯？

3 ばん 🎧 097 （二）1回 P.95

> 男の人と、女の人が話しています。次は、いつ会いますか。

> M ：次は、いつ会いますか。
>
> F ：うーん、わたしは、毎週火曜日が忙しいです。
>
> M ：わたしは、6日が忙しくて…。ああ、8日はどうですか。
>
> F ：えっ、4日ですか。
>
> M ：いいえ、8日です。
>
> F ：ああ、大丈夫です。じゃあ、8日にしましょう。
>
> 次は、いつ会いますか。

男女兩人正在交談。下次何時見面？

男：下次什麼時候見面呢？
女：唔，我每個禮拜二都很忙。
男：我6號也很忙……。唔，那8號如何？
女：咦？4號嗎？
男：不是，是8號。
女：喔！沒問題。那就8號見面吧！

下次何時見面？

4 ばん 🎧 098 （二）1回 P.95

> 女の子がおじいさんと話しています。女の子はいつ電話しますか。
>
> F ：じゃあ、おじいちゃん、私、あさって東京に着いたら、すぐ電話する。
>
> M ：じゃ、7日だな。

F ：ちがうよ、おじいちゃん。今日は4日よ。だから、あさっては6日。

M ：お、そうか。じゃ、あさって。

F ：うん。

女の子はいつ電話しますか。

女孩正在跟爺爺講話。女孩要何時打電話？

女：爺爺，我後天到東京之後馬上打電話給你。
男：那是7號吧？
女：不是啦！爺爺。今天是4號啦！所以後天是6號。
男：這樣啊！那後天見。
女：好。

女孩要何時打電話？

5ばん 099 （二）1回 P.96

男の人と女の人がカレンダーを見ながら話しています。二人はいつ映画に行きますか。

M ：いっしょに映画に行きませんか。

F ：いいですね。

M ：水曜日は、どうですか。

F ：水曜日は、プールに行きます。

M ：そうですか。じゃあ、土曜日は？

F ：火、木、土は仕事がありますので。

M ：そうですか。私も月曜は仕事です。じゃ、この日にしませんか。

F ：はい、そうしましょう。

二人はいつ映画に行きますか。

男女兩人正一邊看日曆一邊交談。兩人何時要去看電影？

男：要不要一起去看電影？
女：好啊！
男：星期三如何？
女：星期三我要去游泳。
男：這樣啊！那星期六？
女：我星期二、四、六要上班。
男：這樣啊！我星期一也要工作。那就這一天吧！
女：好啊！

兩人何時要去看電影？

6ばん 100 （二）1回 P.96

男の人と女の人が話しています。明日は、何日ですか。

M ：明日は5日ですよね。

F ：いえ、違います。今日が5日ですよ。

M ：ああ、そうか。

明日は、何日ですか。

男女兩人正在交談。明天是幾號？

男：明天是5號吧？！

女：不是。今天才是 5 號。

男：這樣啊！

明天是幾號？

1. 3 號。　　　　2. 4 號。
3. 5 號。　　　　4. 6 號。

(二) 重點理解・第二回

1 ばん 🎧 101 （二）2 回　P.97

女の人と男の人が話しています。女の人はいつから仕事をしますか。

F ：田中さんの会社は 1 月何日から仕事ですか。

M ：4 日まで休みで、5 日から仕事です。

F ：いいですね。私の会社は火曜日からもう仕事です。休みは 2 日までです。

M ：そうですか。

女の人いつから仕事をしますか。

男女兩人正在交談。女人從什麼時候開始上班？

女：田中先生的公司是從 1 月幾號開始上班啊？

男：我們休到 4 號，5 號開始上班。

女：好好喔！我們公司星期二就開始上班了。我們只放到 2 號。

男：這樣啊！

女人從什麼時候開始上班？

2 ばん 🎧 102 （二）2 回　P.97

男の人と女の人が話しています。休みの日は何曜日ですか。

M ：おはようございます。

F ：おはようございます。お元気ですね、今朝は。

M ：ええ、月曜日はいつも会社へ来たくないんですけど、今日はちょっと、元気です。今週は休みの日が一日ありますからね。

F ：そうですね、明日働いて、また、休みですからね。

M ：うれしいですねえ。

休みの日は何曜日ですか。

男女兩人正在交談。假日是星期幾？

男：早安。

女：早安。你今天早上好有精神喔！

男：對啊！每次星期一都不想到公司，不過今天我還滿有精神的。因為這禮拜有一天休假。

女：對啊！明天再工作一天就又放假了。

男：真的很開心。

假日是星期幾？

1. 星期一。
2. 星期二。
3. 星期三。
4. 星期四。

3 ばん 🎧103 (二) 2回 P.98

男の人と女の人が話しています。二人は何曜日に海へ行きますか。

M ：一緒に海に行きませんか。
F ：はい。
M ：金曜日はどうですか。
F ：金曜日はテストがあるんです。
M ：じゃ、土曜日か日曜日に行きましょう。
F ：はい。
M ：でも、日曜日は人が大勢いますからねえ。じゃ、テストの次の日。
F ：はい。

二人は何曜日に海へ行きますか。

男女兩人正在交談。兩人星期幾要去海邊？

男：要不要一起去海邊？
女：好啊！
男：星期五如何？
女：我星期五有考試。
男：那就星期六或星期日去吧！
女：好。
男：可是星期天人很多。還是考完試的隔天去好了。
女：好。

兩人星期幾要去海邊？

1. 星期四。
2. 星期五。
3. 星期六。
4. 星期日。

4 ばん 🎧104 (二) 2回 P.98

男の人が2人で話しています。今日は何曜日ですか。

M1：映画を見たいんですが、安い日はいつですか。
M2：木曜日ですよ。
M1：じゃあ、明日ですね。

今日は何曜日ですか。

兩個男人正在交談。今天是星期幾？

男1：我想看電影耶，哪一天比較便宜啊？
男2：星期四喔！
男1：就是明天耶。

今天是星期幾？

1. 星期二。
2. 星期三。
3. 星期四。
4. 星期五。

5 ばん 🎧105 (二) 2回 P.99

男の人と女の人が会社で話しています。男の人は昨日、何時に家に着きましたか。

F ：昨日は大変でしたね。
M ：ええ、雨と風で電車が止まりましたから。
F ：何時に家に着きましたか。
M ：5時に会社を出ました。でも4時間もかかりました。

F ：そうですか。私は8時でしたよ。

男の人は昨日、何時に家に着きましたか。

男女兩人正在公司交談。男人昨天幾點到家？

女：昨天真是一團糟耶。
男：對啊！電車因為風雨而停駛了。
女：你幾點到家的啊？
男：我5點就離開公司，不過花了4個小時。
女：這樣啊！我是8點到家。

男人昨天幾點到家？

1. 4點。　　　　　2. 5點。
3. 8點。　　　　　4. 9點。

6 ばん 🎧106 （二）2回　P.99

女の人が男の人に時間を聞いています。いま、何時ですか。

F ：すみません、もう6時になりましたか。
M ：ええっと。はい、5分ですよ。

いま何時ですか。

女人正在問男人時間。現在幾點？

女：不好意思，請問已經6點了嗎？
男：唔，對，已經5分了。

現在幾點？

1 ばん 🎧107 （二）3回　P.100

男の人と女の人が話しています。男の人は今日何時に家を出ましたか。

F ：おはようございます。今日ははやいですね。
M ：ええ、8時に着きました。
F ：どうしたんですか。
M ：いつもは電車とバスで、一時間半かかりますが、今日は車で来ました。
F ：どのくらいかかりましたか。
M ：1時間でした。

男の人は今日何時に家を出ましたか。

男女兩人正在交談。男人今天是幾點出門的？

女：早安。你今天好早喔！
男：對啊！我8點就到了。
女：怎麼了嗎？
男：我平常都搭電車和公車，所以都要花一個半小時的車程，不過今天我是開車來的。
女：花了多久時間啊？
男：1個小時。

男人今天是幾點出門的？

1. 6點半
2. 7點
3. 7點半
4. 8點

2 ばん 🎧 (108) (二) 3 回　P. 100

おんな ひと おとこ ひと はな
女 の人と 男 の人が話していま
きのうあか なんじ な
す。昨日赤ちゃんは何時に泣きま
したか。

F ：うちの赤ちゃん、夜泣くんで
す。寝てからちょうど1時間
半経つと泣くんです。
M ：そうですか。昨日は何時に寝
たんですか。
F ：10時半です。
M ：で、また泣きましたか。
F ：はい。

きのうあか なんじ な
昨日赤ちゃんは何時に泣きました
か。

男女兩人正在交談。昨天小嬰兒是幾點哭的？

女：我家的小嬰兒晚上都會哭。睡著後過了整
整一個半小時就會開始哭。
男：這樣啊！他昨天幾點睡的？
女：10 點半。
男：然後他又開始哭了？
女：對。

昨天小嬰兒是幾點哭的？

1. 11 點。　　　　　2. 11 點半。
3. 12 點。　　　　　4. 12 點半。

3 ばん 🎧 (109) (二) 3 回　P. 101

おとこ ひと がいこく おんな ひと でん
男 の人が外国にいる 女 の人と電
わ はな おんな ひと くに
話で話しています。 女 の人の国
いまなんじ
は今何時ですか。

M ：今、そっちは、何時？
F ：8時50分。
M ：へえ。日本も今8時50分だ
よ。
F ：ええ？同じ？
M ：でも、こっちは夜だよ。夜の
8時50分。
F ：なーんだ。

おんな ひと くに いまなんじ
女 の人の国は今何時ですか。

男人正在和在國外的女人講電話。女人所在的
國家現在是幾點？

男：妳那邊現在幾點？
女：8 點 50 分。
男：哦！日本現在也是 8 點 50 分耶。
女：咦？一樣？
男：不過，這邊是晚上啦！晚上 8 點 50 分。
女：什麼嘛！

女人所在的國家現在是幾點？

1. 早上 8 點 50 分
2. 晚上 8 點 50 分
3. 早上 8 點 15 分
4. 晚上 8 點 15 分

4 ばん 🎧 (110) (二) 3 回　P. 101

おとこ ひと おんな ひと はな
男 の人と 女 の人が話していま
す。かばんはいくらですか。

F ：すみません、このかばんくだ
さい。
M ：はい。1万8千4百円です。
まいど
毎度ありがとうございます。

かばんはいくらですか。

男女兩人正在交談。包包多少錢呢？

女：不好意思，我要買這個包包。
男：好的，1 萬 8 千 4 百元。感謝您的光臨。

包包多少錢呢？

1. 11400 日圓　　2. 18400 日圓
3. 14800 日圓　　4. 8400 日圓

5 ばん　🎧111（二）3 回　P. 102

> **男の人と女の人が話しています。車の鍵はどこですか。**
>
> M：すみません、車の鍵を取ってください。
>
> F：はい、どこですか。
>
> M：テーブルの上、じゃなくて、ああそうだ。テレビの上です。
>
> 車の鍵はどこですか。

男女兩人正在交談。車子的鑰匙在哪裡？

男：不好意思，請妳幫我拿一下車子的鑰匙。
女：好，在哪裡呢？
男：在餐桌上，不是。對了，是在電視上面。

車子的鑰匙在哪裡？

6 ばん　🎧112（二）3 回　P. 102

> **男の人と女の人が話しています。鍵はどこですか。**
>
> F：あれ、鍵がないわよ。どこに置いたの？

> M：えーっと。テレビのそばのテーブルの上。
>
> F：ないわよ。
>
> M：あっ、ごめん。電話のそば。
>
> F：あっ、あった。
>
> 鍵はどこですか。

男女兩人正在交談。鑰匙在哪裡？

女：咦？沒有鑰匙耶。放在哪裡了啊？
男：唔，鑰匙放在電視旁邊的餐桌上。
女：沒有啊！
男：啊！抱歉。是在電話旁邊。
女：啊！找到了。

鑰匙在哪裡？

（二）重點理解・第四回

1 ばん　🎧113（二）4 回　P. 103

> **男の人が自転車の鍵を探しています。鍵はどこにありましたか。**
>
> M：あれ、鍵がない。
>
> F：自転車の鍵？
>
> M：うん。見た？
>
> F：さっき、テーブルの上にあったけど。
>
> M：ないよ。
>
> F：あ、椅子の上に置いたんだ。ほら、本棚の横の椅子。
>
> M：あ、あった。

鍵はどこにありましたか。

男人正在找腳踏車鑰匙。鑰匙在哪裡？

男：咦？鑰匙不見了。
女：腳踏車的鑰匙？
男：對。妳有看到嗎？
女：剛才還在桌上的。
男：沒有啊！
女：啊！原來在椅子上。你看，在書架旁邊的椅子上。
男：找到了。

鑰匙在哪裡？

2ばん 🎧114 （二）4回　P.103

男の人が昨日泊まったホテルの部屋の説明をしています。昨日泊まった部屋はどれですか。男の人の部屋です。

M：このホテルの部屋、よかったですね。大きい机と丸いテーブルがあって。
F：へえ、私の部屋には小さい丸いテーブルしかなかったんですよ。椅子は二つありましたけど。
M：僕の部屋は椅子は一つでしたよ。
F：そうですか。

男の人が昨日泊まった部屋はどれですか。

男人正在說明昨天投宿的飯店房間。昨天投宿的房間是哪一間？是男人的房間。

男：這間飯店的房間很棒喔！裡面有張大書桌和圓形餐桌。
女：哦！我的房間裡面只有小型的圓形餐桌。不過有兩張椅子。
男：我的房間只有一張椅子喔！
女：這樣啊！

昨天男人投宿的房間是哪一間？

3ばん 🎧115 （二）4回　P.104

男の人が女の人に部屋を見せています。女の人はどうしてこの部屋が好きではありませんか。

F：わあ、新しくてきれいな部屋ですね。
M：はい。駅からは遠いですけど…。
F：それは大丈夫です。でも、暗いですね。
M：うーん。じゃあ、もう1つの部屋を見に行きますか。ちょっと古いですが、明るいですよ。
F：はい、お願いします。

女の人はどうしてこの部屋が好きではありませんか。

男人正在帶女人參觀房子。女人為何不喜歡這間房子？

女：哇！又新又漂亮的房子。
男：雖然離車站很遠……。

女：那倒沒關係啦！不過光線好暗。

男：唔，那要不要再去看看另一間房子？雖然有點舊，不過採光明亮。

女：好，那就麻煩你了。

女人為何不喜歡這間屋子？

1. 因為離車站很遠。
2. 因為價格昂貴。
3. 因為屋子老舊。
4. 因為光線很暗。

4 ばん 🎧 116 （二）4 回 P.104

女の人がアパートを見に来ています。女の人はどうしてこのアパートを借りませんか。

F ：ふーん、新しくて、広いいいアパートですね。

M ：ええ、窓も大きいですよ。見てください、あそこが駅です。

F ：へえ、近くて便利ですね。こちらは一ヶ月…。

M ：10万円です。

F ：ああ、あのう、この近くにもう少しやすいアパートはありませんか。

M ：あります。古くて狭いですが…。

F ：ああ、いいです、いいです。

M ：そうですか。じゃ、すぐ見に行きましょう。

女の人はどうして今見ているアパートを借りませんか。

女人來看公寓。女人為什麼不租這間公寓？

女：唔，這間公寓很新、很寬敞，感覺很不錯。

男：對啊！窗戶也很大。妳可以看一下。那邊就是車站了。

女：哦！距離很近，很方便耶！這間房子一個月（多少錢）……？

男：10萬日圓。

女：唔……，請問這附近還有便宜一點的公寓嗎？

男：有，但是舊舊小小的……。

女：這樣啊！沒關係，沒關係。

男：好，那我們馬上去看看吧！

女人為什麼不租現在所看的公寓？

1. 因為很貴。
2. 因為很舊。
3. 因為空間很小。
4. 因為不方便。

5 ばん 🎧 117 （二）4 回 P.105

男の人と女の人が話しています。部屋はどうなりましたか。

F ：えっと、椅子はテレビの前に置いてください。

M ：テレビの前ですね。で、花は？

F ：そうねえ。花は窓のそばに置いてください。

M ：はい。

F ：それから本棚はドアの横に。

M ：はい、わかりました。

部屋はどうなりましたか。

男女兩人正在交談。房間的樣子為何？

女：請你把椅子放在電視前面。
男：電視前面啊！那花呢？
女：唔，花就請你放在窗戶旁邊。
男：好。
女：書架就放在門旁邊。
男：好，我知道了。

房間的樣子為何？

(二) 重點理解・第五回

1 ばん 🎧119 (二) 5 回　P. 106

男の人と女の人が話しています。山田さんの部屋は、どこですか。

M ：あそこが、山田さんの部屋です。あの電気がついている部屋。

F ：外に花が置いてありますね。山田さん、花が好きですから。

M ：え？花？ああ、それは下の部屋です。山田さんの部屋はその上ですよ。

F ：あ、あっちですか。

山田さんの部屋は、どこですか。

6 ばん 🎧118 (二) 4 回　P. 105

男の人と女の人が話しています。部屋はどうなりましたか。

M ：ドアを閉めますか。

F ：いえ、閉めないでください。

M ：電気は？

F ：あ、電気は消してください。

M ：はい、わかりました。

部屋はどうなりましたか。

男女兩人正在交談。山田的房間在哪裡？

男：那間是山田的房間。電燈亮著的那一間。
女：外面有放花耶。山田真的很喜歡花。
男：咦？花？那是下面的房間。山田的房間在那上面啦！
女：在那邊啊！

山田的房間在哪裡？

男女兩人正在交談。房間的樣子為何？

男：要關門嗎？
女：不要，請不要把門關起來。
男：電燈呢？
女：把它關掉好了。
男：好，我知道了。

房間的樣子為何？

道で女の人が男の人にきいています。電話はどこにありますか。

F　：すみません、この近くに電話がありますか。

M　：電話は、ええと、あそこに公園がありますよね。

F　：はい。

M　：あの公園の中の道をまっすぐ行って。

F　：はい。

M　：で、公園を出てください。公園の向こうに、郵便局がありますから、電話はその入り口のところにありますよ。

電話はどこにありますか。

男の人と女の人が話しています。この本屋でしてはいけないことは何ですか。

M　：この本屋、他の本屋と違うでしょう。

F　：ほんと。ジュースやコーヒー飲んでいる人もいるし、何か書いている人もいますね。

M　：そうなんです。椅子もあって座って読んでもいいんです。

F　：じゃあ、何か食べでもいいんですか。

M　：それはだめなんです。

この本屋でしてはいけないことは何ですか。

女人在路上向男人詢問。電話在哪裡？

女：不好意思，這附近有電話嗎？
男：電話啊！唔，那邊有座公園對吧？
女：對。
男：從那座公園裡的路直走。
女：好。
男：然後從公園出來。公園對面有一間郵局，電話就在郵局門口。

電話在哪裡？

1. 公園裡面。
2. 公園入口。
3. 郵局裡面。
4. 郵局門口。

男女兩人正在交談。這間書店禁止做的事情是什麼？

男：這間書店和其他書店不一樣耶。
女：真的耶。有人在喝果汁和咖啡，也有人在寫東西。
男：對啊！（書店）裡面也有椅子，可以坐著看書。
女：那可以吃東西嗎？
男：不行喔！

這間書店禁止做的事情是什麼？

1. 坐著看書。
2. 喝果汁。
3. 寫東西。
4. 吃東西。

男の人が道を聞いています。薬屋はどこですか。

M：あの、この辺に薬屋はありませんか。

F：ああ、ありますよ。この道をまっすぐ行って。

M：はい。

F：2つ目の交差点を右に曲がってください。

M：右ですね。

F：はい。大きい本屋が見えます。

M：はい。

F：本屋のとなりが薬屋です。

M：ありがとうございました。

薬屋はどこですか。

男人正在問路。藥局在哪裡？

男：請問這附近有藥局嗎？
女：有啊！這條路直走。
男：好的。
女：請你在第二個十字路口右轉。
男：右轉啊？
女：對。會看見一間大型書店。
男：好。
女：書店隔壁就是藥局了。
男：謝謝。

藥局在哪裡？

男の人は家へ帰ってから、何をしますか。

F：山田さん、ちょっと聞きたいことがあるんですが。

M：ごめんなさい、これからすぐ出かけるんです。

F：そうですか。

M：じゃ、夜、電話してください。

F：何時ごろかけましょうか。

M：ううん、家へ帰って、お風呂に入るから。7時ごろかけてください。

F：晩ご飯、大丈夫ですか。少し長くなりますけど。

M：そうですか。じゃ、ご飯を食べて、そのあと、ちょっと手紙を書くから。そうですね、8時ごろお願いします。

F：はい、分かりました。

男の人は家へ帰ってから、何をしますか。

男人回家之後要做什麼？

女：山田先生，我有一件事想問你。
男：抱歉，我現在要出門。
女：這樣啊！
男：那請妳晚上打電話給我。
女：大概幾點好呢？

男：唔，我回家之後還要洗澡，妳大概 7 點左右打過來好了。

女：會不會耽誤到你的晚餐時間？可能會花點時間。

男：這樣啊！我晚餐之後還要寫封信。唔，那請妳 8 點左右打好了。

女：好的，我知道了。

男人回家之後要做什麼？

---

6 ばん 🎧124（二）5 回 P.108

🎧124（二）5 回 P.108

女の人がデパートで時計を見ています。女の人はどの時計を買いますか。

F ：すみません、その時計、いくらですか。

M ：こちらですか。

F ：いいえ、その丸いのの隣の。

M ：こちらの大きいのですか。

F ：ええ。

M ：2万5千円です。

F ：高いですね。丸いのの隣の隣のは。

M ：一万円です。

F ：じゃ、それ、ください。

女の人はどの時計を買いますか。

女人正在百貨公司看錶。女人要買哪一只錶？

女：不好意思，那只錶多少錢？
男：這一個嗎？
女：不是，是那個圓形錶旁邊的那一個。
男：是這個大型錶嗎？

女：對。
男：2 萬 5 千日圓。
女：好貴喔！那圓形錶旁邊的旁邊那一個呢？
男：一萬日圓。
女：那我要買那個。

女人要買哪一只錶？

（二）重點理解・第六回

1 ばん 🎧125（二）6 回 P.109

🎧125（二）6 回 P.109

男の人と女の人が話しています。女の人はどのかばんを買いますか。

M ：このかばんはどうですか。

F ：え？どのかばんですか。

M ：この丸いかばんです。

F ：ううん、丸いのは物があまり入らないですね。

M ：じゃ、このポケットが丸いのは？

F ：ええ、いいですね、じゃ、それを買います。

女の人はどのかばんを買いますか。

男女兩人正在交談。女人要買哪一個包包？

男：這個包包妳覺得怎麼樣？
女：咦？哪一個包包？
男：這個圓形的包包。
女：唔，圓形的包包沒辦法裝太多東西。
男：那這個圓形口袋的包包呢？

女：喔！還不錯，我就買那個吧！

女人要買哪一個包包？

2 ばん 🎧 126 （二）6回　P. 109

> 女 の 人 が 話 しています。 話 して
> いるかばんはどれですか。
>
> F ：かばんの忘れ物です。 どなた
> 　　のですか。 この四角くて大き
> 　　い黒いかばんです。
>
> 女 の 人 が 話 しているかばんはど
> れですか。

女人正在講話。哪一個是她所說的包包？

女：這是有人遺失的包包。這個方形的大型黑
　　色包包是誰的啊？

哪一個是女人所說的包包？

3 ばん 🎧 127 （二）6回　P. 110

> 男 の 人 と 女 の 人 が 話 していま
> す。 男 の 人 はどの時計 がすきで
> すか。
>
> F ：この時計、 いいですね。 何も
> 　　書いてない時計。
>
> M ：ええ。 でも、 つまらないです
> 　　よ。
>
> F ：じゃ、 全部書いてあるのが好
> 　　きですか。

> M ：いいえ。 全部 はいりませんけ
> 　　ど、 いくつかあるのがいいで
> 　　すね。
>
> 男 の 人 はどの時計 が 好 きです
> か。

男女兩人正在交談。男人喜歡哪一只錶？

女：這只錶不錯耶。上面什麼數字都沒寫。
男：對啊！可是很無趣。
女：那你比較喜歡寫上全部數字的錶嗎？
男：也不是。不需要全部，不過有幾個是比較
　　好啦！

男人喜歡哪一只錶？

4 ばん 🎧 128 （二）6回　P. 110

> 男 の 人 と 女 の 子 が 話 していま
> す。 女 の 子 が 忘 れたかばんはど
> れですか。
>
> F ：すみません。 電車 の 中 にかば
> 　　んを忘れました。
>
> M ：中 に 何 が 入 っていますか。
>
> F ：人形 です。
>
> M ：人形 ですね。 他 には？
>
> F ：あっ、 花 の 絵 のハンカチもあ
> 　　りました。
>
> M ：それだけですか。
>
> F ：はい。
>
> 女 の 子 が 忘 れたかばんはどれで
> すか。

男人正在跟女孩講話。女孩忘記的包包是哪一個？

女：不好意思。我把包包忘在電車上了。
男：包包裡面放了什麼東西？
女：娃娃。
男：娃娃。還有嗎？
女：啊！還有花朵圖案的手帕。
男：只有那些嗎？
女：對。

女孩忘記的包包是哪一個？

男女兩人正在交談。女人要買哪一個包包？

男：這款白色包包您覺得如何？
女：有點太大了。而且我比較喜歡黑色的。
男：那這個圓形的如何？小小的很可愛喔！
女：我不太喜歡圓形的。
男：那這款您覺得如何？
女：唔，我要買這個。

女人要買哪一個包包？

5ばん 🎧129 （二）6回 P.111

男の人と女の人が話しています。女の人はどのかばんを買いますか。

M：この白いかばんはいかがですか。

F：ちょっと大きいですね。それに色は黒いほうがいいですね。

M：じゃ、この丸いのはどうですか。小さくてかわいいですよ。

F：丸いのはちょっと…。

M：じゃあ、これはいかがですか。

F：そうですね。では、それをください。

女の人はどのかばんを買いますか。

6ばん 🎧130 （二）6回 P.111

女の人がお店の人と話しています。女の人はどの財布を買いましたか。

F：すみません。3千円ぐらいの財布はありますか。

M：3千円ですか…。この4つですね。色は、黒と白だけですが。この丸いのがかわいいですよ。

F：うーん…。丸いのはあまり好きじゃないから、これかこれですね。じゃあ、この黒いのをください。

M：ありがとうございます。

女の人はどの財布を買いましたか。

女人正在跟店裡的人講話。女人買了哪一個錢包？

女：不好意思，請問有3千日圓左右的錢包嗎？

男：3 千日圓啊……。有這 4 個。顏色只有黑色和白色。這個圓形的很可愛喔！

女：唔……。我不太喜歡圓形的錢包，所以就這兩個選一個啦！那……，我要買這個黑色的。

男：謝謝。

女人買了哪一個錢包？

（二）重點理解・第七回

1 ばん　🎧131　（二）7 回　P.112

男の人と女の人が話しています。女の人はお母さんから何をもらいましたか。お母さんからです。

M：あ、かわいい、この猫。

F：その猫は誕生日に父がくれました。

M：この犬も？

F：それは、母にもらいました。

M：そう。人形は？

F：それは、父です。

女の人はお母さんから何をもらいましたか。

男女兩人正在交談。媽媽送給女人什麼東西？是媽媽送的。

男：這隻貓好可愛。

女：那隻貓是我生日的時候爸爸送的。

男：這隻狗也是嗎？

女：那是媽媽送的。

男：這樣啊！那娃娃呢？

女：那是爸爸送的。

媽媽送給女人什麼東西？

2 ばん　🎧132　（二）7 回　P.112

男の人と、女の人が話しています。女の人が買ったものは、どれですか。

M：いらっしゃいませ。

F：これを 3 つください。

M：はい、3 つですね。

F：ええ。それから、これを 2 本ください。

M：2 本ですね。ありがとうございます。

女の人が買ったものは、どれですか。

男女兩人正在交談。女人買的是哪一個？

男：歡迎光臨。

女：我要買 3 個這個。

男：好，3 個嗎？

女：對。再買 2 支這個。

男：2 支啊！謝謝。

女人買的是哪一個？

男の人と女の人が喫茶店で話しています。男の人は何を飲みますか。

F ：何にしますか。今日は寒いですから、温かいものはどうですか。

M ：そうですね。今、いそいで来て暑いんで、温かいものはちょっと…。

F ：そうですか。コーヒーにしますか、紅茶にしますか。

M ：ええ、コーヒーは前は好きだったんですけど、今はちょっと…。

F ：そうですか。

男の人は何を飲みますか。

男女兩人正在咖啡店交談。男人要喝什麼？

女：要點什麼呢？今天很冷，要不要喝一點熱的東西？

男：唔，我剛才匆匆忙忙過來的，現在身體有點熱，所以我不要喝熱的東西……。

女：這樣啊！那你要咖啡還是紅茶？

男：唔，我以前很喜歡咖啡啦！不過現在不太喝……。

女：這樣啊！

男人要喝什麼？

1. 熱咖啡。
2. 冰咖啡。
3. 熱紅茶。
4. 冰紅茶。

男の人と女の人が話しています。この店のコーヒーはどうだと言っていますか。

F ：コーヒー、あまりおいしくないわ。

M ：この紅茶はおいしいよ。

F ：そう？前はコーヒーもおいしかったけどね。

この店のコーヒーはどうだと言っていますか。

男女兩人正在交談。這一間店的咖啡如何？

女：這咖啡不太好喝耶。

男：不過這個紅茶很好喝喔！

女：這樣啊？之前的咖啡也很好喝的說。

這一間店的咖啡如何？

1. 以前和現在都很好喝。
2. 以前和現在都不好喝。
3. 以前不好喝，現在很好喝。
4. 以前很好喝，現在不好喝。

男の人が話しています。男の人はコーヒーに何を入れますか。

M ：わたしは寝る前にコーヒーを飲みます。砂糖は入れません。牛乳を入れて、そのあと少しお酒を入れて飲みます。おいしいですよ。

男の人はコーヒーに何を入れますか。

男人正在講話。男人將什麼東西放入咖啡中？

男：我睡前會喝一杯咖啡。不加糖。加一些牛奶，然後再加一點酒。這樣很好喝喔！

男人將什麼東西放入咖啡中？

1. 糖和牛奶
2. 只有牛奶
3. 牛奶和酒
4. 只有酒

6 ばん 🎧136 (二) 7 回 P.114

お父さんと子供が話しています。女の子はどの絵を描きましたか。

F ：お父さん、見て。

M ：うん、ああ、おいしそうだね。

F ：うん、これはね、バナナ。これはジュースで、これ、お魚。

M ：大きい魚だね。マイちゃん、お魚すきだよね。

F ：うん、だいすき。

M ：バナナのお皿の小さい、丸いのはなぁに？

F ：ううんとねえ、それはねえ、小さいトマト。

M ：ううん、そう。たくさんあるね。こっちの丸いのはなぁに？

F ：これはパン。

女の子はどの絵を描きましたか。

爸爸和小孩正在交談。女孩畫了哪一張圖畫？

女：爸爸，你看。
男：唔，哦！看起好好吃喔！
女：對啊！這是香蕉。這是果汁，這個是魚。
男：好大的魚喔！麻衣喜歡魚對吧？
女：對啊！我最喜歡魚了。
男：香蕉的盤子上面那個小小圓圓的是什麼？
女：唔，那是小番茄。
男：哦！這樣啊！好多喔！那這邊這個圓圓的又是什麼？
女：這是麵包。

女孩畫了哪一張圖畫？

(二) 重點理解・第八回

1 ばん 🎧137 (二) 8 回 P.115

女の人は子供のとき何がきらいでしたか。

F ：小さいときは、卵が嫌いだったんですけど、今は大丈夫です。お菓子はもちろん、子供の時から好きで、今も好きです。それから、ミルクは子供のときは、冷たいのも温かいのも大丈夫だったのですが、今は温かいミルクしか飲みません。

女人小時候討厭什麼？

女：我小的時候不喜歡吃蛋，不過現在不會了。點心當然從小時候開始到現在都喜歡。而且小時候，不管是熱的或冰的牛奶我都喝，可是現在我只喝熱牛奶。

女人小時候討厭什麼？

1. 蛋。　　　　　　2. 點心。
3. 熱牛奶。　　　　4. 冰牛奶。

男：啊！已經兩點了。我想吃點東西。
女：你吃午餐了嗎？
男：還沒吃。
女：因為沒時間吃？
男：不是。我今天身上只有 50 日圓。
女：哎呀！我借你好了。
男：咦？真的嗎？太好了。

男人今天為什麼沒吃午餐？

1. 因為不想吃。
2. 因為沒時間。
3. 因為沒有錢。
4. 因為沒有食物。

2 ばん 🎧 138 （二）8回　P.115

男 の 人 と 女 の 人 が 話 しています。男 の 人 は 今日 どうして 昼 ご飯 を 食べませんでしたか。

M：あーっ、もう 2 時 だ。何 か 食べたい。

F：昼 ご飯 は？

M：食べていません。

F：時間 が なかったから？

M：いいえ。今日 は 50 円 しか 持っていません。

F：あら。じゃあ、貸 しましょうか。

M：えっ、本当 に？よかった。

男 の 人 は 今日 どうして 昼 ご飯 を 食べませんでしたか。

男女兩人正在交談。男人今天為什麼沒吃午餐？

3 ばん 🎧 139 （二）8回　P.116

男 の 人 と 女 の 人 が 話 しています。女 の 人 の 今日 の 朝 ご飯 は どれですか。

F：山下 さん は いつも どんな 朝 ご飯 ですか。

M：えーっとね、朝 は たいてい パン と 牛乳。それから 果物。

F：あっ、私 と 同じ です。

M：あっ、そう。

F：でも 今朝 は 時間 が なかったから、果物 は 食べません でした。

女 の 人 の 今日 の 朝 ご飯 は どれですか。

男女兩人正在交談。何者為女人今天的早餐？

女：山下每天都吃什麼早餐啊？
男：唔，早上大部分都是吃麵包和牛奶，再加上水果。

女：和我一樣耶。
男：這樣啊！
女：不過我今天早上沒時間，所以沒吃水果。

何者為女人今天的早餐？

4 ばん 🎧 140 （二）8回 P.116

男の人と女の人が話しています。女の人は、明日の朝、何を食べますか。

M：明日の朝ご飯は、どうしますか。
F：そうですね。パンと、卵をお願いします。
M：卵は1個でいいですか。
F：2個お願いします。
M：飲み物は？
F：あ、水だけでいいです。

女の人は、明日の朝、何を食べますか。

男女兩人正在交談。女人明天早上要吃什麼？

男：妳明天早餐要吃什麼？
女：唔，我要麵包和蛋。
男：一個蛋夠嗎？
女：我要兩個。
男：飲料呢？
女：我喝開水就可以了。

女人明天早上要吃什麼？

5 ばん 🎧 141 （二）8回 P.117

男の人と女の人がレストランで話しています。女の人は、どうしてカレーを食べませんか。

M：ここのカレー、辛くて、おいしいですよ。
F：そうですか。でも、カレーはちょっと…。
M：嫌いですか。
F：いいえ、好きですけど…。きのうの夜カレーを作って、今朝もカレーでしたから。
M：あ、そうですか。

女の人は、どうしてカレーを食べませんか。

男女兩人正在餐廳交談。女人為什麼不吃咖哩？

男：這間店的咖哩很辣，很好吃喔！
女：這樣啊！可是我不太想吃咖哩……。
男：妳不喜歡咖哩嗎？
女：不是，我是喜歡啦……。因為我昨天晚上才做了咖哩，今天早上也是吃咖哩。
男：這樣啊！

女人為什麼不吃咖哩？

1. 因為今天晚上要吃咖哩。
2. 因為今天早上吃過咖哩。
3. 因為不喜歡咖哩。
4. 因為咖哩很辣。

6 ばん 🎧 142 （二）8回 P.117

みちこさんが友達と写真を見ています。まりさんはどの人ですか。まりさんです。

F ：これ、子供のときの学校の写真なんですけど。

M ：ああ、みちこさん、これですか。

F ：そうです。

M ：髪が長かったんですね。

F ：ええ。まりさんも同じクラスだったんですよ。

M ：へえ、分からない。

F ：私の後ろの左から3番めです。

M ：ああ、後ろですね。へえ、男の子だと思いました。

F ：ええ、今とずいぶん違いますよね。

まりさんはどの人ですか。

美智子正在和朋友一起看照片。哪一位是麻里？

女：這張是我小時候，在學校拍的照片。
男：哦！美智子是這一個嗎？
女：對。
男：妳以前的頭髮好長喔！
女：對啊。麻里以前也跟我同班喔！
男：哦！我看不出來（哪一位是麻里）。
女：她在我後面，從左邊數來第三個。
男：喔！她在後面啊！咦？我還以為這個人是男生。

女：對啊！她和現在差很多吧？
哪一位是麻里？

(二) 重點理解・第九回

1 ばん 🎧 143 （二）9回 P.118

デパートで、女の人が店の人に話しています。女の人の子供はどの子ですか。

F ：すみません。

M ：どうしました？

F ：うちの子がいなくなりました。

M ：どんな服を着ていますか？

F ：ええと、黒いセーターと白いズボンで。

M ：黒いセーターと白いズボンですね。

F ：ええ、それから、帽子をかぶっています。

M ：ちょっとお待ちください。この子ですか。

F ：ああ、かずおちゃん、よかった。

女の人の子供はどの子ですか。

女人正在百貨公司和店裡的人交談。哪一個是女人的小孩？

女：不好意思。
男：怎麼了？
女：我的小孩子不見了。
男：請問他穿什麼衣服呢？
女：唔，黑色毛衣和白色長褲。
男：黑色毛衣和白色長褲。
女：對，還戴著帽子。
男：請您稍等一下。是這個孩子嗎？
女：啊！是和夫，太好了。

哪一個是女人的小孩？

2 ばん 🎧 144 （二）9回 P.118

おとこ ひと おんな ひと はな
男 の人と 女 の人が 話しています
ほん だ ひと
す。本田さんはどの人ですか。

F ：わあ、本田さん、速い！

M ：ええ？

F ：2番ですね。

M ：いいえ、あの人は山下さんで
　　すよ。

F ：ああ、そうですか。

M ：ええ、本田さんはその後ろの
　　人ですよ。

ほん だ ひと
本田さんはどの人ですか。

男女兩人正在交談。哪一個是本田？

女：哇！本田好快！
男：咦？
女：是跑第2的那個吧？
男：不是啦！那是山下啦！
女：啊！這樣啊！
男：對啊！本田在山下的後面啦！

哪一個是本田？

3 ばん 🎧 145 （二）9回 P.119

おとこ ひと おんな ひと しゃしん み
男 の人と 女 の人が写真を見てい
しゃしん み
ます。どの写真を見ていますか。

F ：これ、会社の人たちの写真で
　　す。

M ： 女 の人はみんな立ってい
　　て、 男 の人はみんなすわっ
　　ていますね。

F ：ええ。

M ： 男 の人のほうが多いです
　　ね。

F ：はい。

しゃしん み
どの写真を見ていますか。

男女兩人正在看相片。他們正在看哪一張相
片？

女：這張是我們公司同事的相片。
男：女生都站著，男生都坐著耶。
女：對啊！
男：男生比較多耶。
女：對啊！

他們正在看哪一張相片？

4 ばん 🎧 146 （二）9回 P.119

おとこ ひと おんな ひと はな
男 の人と 女 の人が 話していま
わたなべ ひと
す。渡辺さんはどの人ですか。

M ：あっ、渡辺さんだ。

F ：え？どの人ですか。

M ： 短いスカートをはいている
人です。

F ： あの背の高い人ですか。

M ： ええ、そうです。

渡辺さんはどの人ですか。

男女兩人正在交談。哪一個是渡邊？

男：啊！是渡邊小姐。
女：咦？哪一個？
男：穿短裙的那一個。
女：是個子高高的那個嗎？
男：對。

哪一個是渡邊？

5ばん 🎧147 （二）9回 P.120

男の人と女の人が話していま
す。田中さんはどの人ですか。

F ： あっ、出てきた。

M ： 田中さん、どの人？

F ： あの背の高い人。

M ： ああ、長いスカートの人？

F ： ううん。そうじゃなくて、そ
の隣の人。

田中さんはどの人ですか。

男女兩人正在交談。哪一個是田中小姐？

女：啊！出來了。
男：哪一個是田中小姐？
女：那個個子高高的人。

男：喔！穿長裙的人？
女：不是，不是那一個，是穿長裙的人旁邊的
那一個。

哪一個是田中小姐？

6ばん 🎧148 （二）9回 P.120

女の人が写真を見ながら話して
います。女の人が見ている写真
はどれですか。

F ： これ、弟と私です。2年
前の写真です。弟はいま
は背が高くなって私と同じ
ぐらいですが、2年前はまだ
低かったですね。それから
私。この写真の時はまだ眼
鏡をかけていませんでした。

女の人が見ている写真はどれで
すか。

女人正一邊看照片一邊講話。哪一張是女人正
在看的相片？

女：這張照片是我和弟弟兩年前的相片。弟弟
現在長高了，跟我的高度差不多，不過兩
年前他還矮矮的呢！而我拍這張相片的時
候也還沒戴眼鏡。

哪一張是女人正在看的相片？

(二) 重點理解・第十回

1ばん　🎧149 (二) 10回　P.121

男の人と女の人が話しています。どの人の話をしていますか。

M：で、その男はどんな服でしたか。

F：背広*を着ていました。

M：じゃあ、ネクタイも？

F：いえ、ネクタイはしていませんでした。

M：そうですか。

どの人の話をしていますか。

男女兩人正在交談。他們正在談論哪一個人？

男：那個男的那時候是穿什麼衣服？
女：他那時候穿西裝。
男：也有打領帶？
女：沒有，他沒有打領帶。
男：這樣啊！

他們正在談論哪一個人？

*目前「背広」多半被「スーツ」取代。

2ばん　🎧150 (二) 10回　P.121

女の人と男の人が話しています。男の人は、今、何をはいていますか。今です。

F：あれ。

M：え？何か？

F：よく見てください、足。

M：会社まで靴をはいて来ましたよ。着いてからスリッパをはきました。

F：スリッパの話じゃありません。右と左、違う靴下をはいています。

M：あっ。

男の人は、今、何をはいていますか。

男女兩人正在交談。男人現在穿著什麼？現在穿著的。

女：咦？
男：嗯？有什麼問題嗎？
女：請你好好看看你的腳。
男：我是穿鞋子來公司的喔！到公司之後才換穿拖鞋的。
女：我不是指拖鞋。你左腳和右腳的襪子不一樣。
男：啊！

男人現在穿著什麼？

3ばん　🎧151 (二) 10回　P.122

男の人と女の人が話しています。男の人は休みにどこへ行きましたか。

M：タンさんは休みにどこへ行きましたか。

F：国へ帰りました。マイクさんは？

M：私は友達と旅行しました。

F ：海に行きましたか。

M ：いいえ。山に登りました。

F ：そうですか。

男の人は休みにどこへ行きましたか。

男女兩人正在交談。男人假日去了哪裡？

男：丹小姐假日去了哪裡啊？
女：我回國了。麥克呢？
男：我和朋友去旅行了。
女：去海邊嗎？
男：不是，我去爬山。
女：這樣啊！

男人假日去了哪裡？

1. 回國。　　　　2. 去海邊。
3. 去山上。　　　4. 哪裡也沒去。

4 ばん　🎧 152 （二）10 回　P. 122

お父さんとお母さんが話しています。けんじさんは今、何をしていますか。

M ：けんじは今晩もサッカーの練習？

F ：いえ、寝ていますよ。

M ：え、まだ7時だよ。

F ：明日大きいテストがあるから、10時に起きて、朝まで勉強するって。

M ：あ、そう。

けんじさんは今、何をしていますか。

父母親正在講話。健二現在正在做什麼？

男：健二今天晚上也要練足球嗎？
女：不用，他現在在睡覺。
男：咦？現在才7點耶。
女：他說明天有一個大考，要10點起床，然後再念書念到早上。
男：這樣啊！

健二現在正在做什麼？

1. 練足球。　　　　2. 唸書。
3. 考試。　　　　　4. 睡覺。

5 ばん　🎧 153 （二）10 回　P. 123

男の人と女の人が話しています。男の人は、昨日、何をしていましたか。

F ：山田さん、昨日は何をしましたか。

M ：図書館に行きました。

F ：公園のそばの図書館ですね。おもしろい本を読みましたか。

M ：いいえ、図書館は涼しくて、静かですから、寝ていました。うちは暑くて…。

男の人は、昨日、何をしていましたか。

男女兩人正在交談。男人昨天做了什麼？

女：山田，你昨天做了什麼？
男：我去了圖書館。
女：是公園旁邊的圖書館吧？看了什麼有趣的書嗎？

男：沒有，圖書館涼快又安靜，所以我就睡著了。因為我家很熱……。

男人昨天做了什麼？

1. 在家看書。
2. 在公園睡覺。
3. 在圖書館看書。
4. 在圖書館睡覺。

1. 到日本涼爽的地方。
2. 到炎熱的國家旅行。
3. 回國。
4. 一直在工作。

(二) 重點理解・第十一回

6ばん　(154)（二）10回　P.123

男の人と女の人が話しています。女の人は、夏休みに何をしましたか。

M：スワンさんは、夏休みに国へ帰りましたか。

F：いいえ、帰りませんでした。

M：じゃあ、仕事をしていましたか。

F：いえ、両親が来て、いっしょに日本の北のほうへ行きました。私の国は1年中暑いですから。

女の人は、夏休みに何をしましたか。

男女兩人正在交談。女人暑假做了什麼？

男：史旺，妳暑假有回國嗎？
女：不，沒有回去。
男：那妳都在工作嗎？
女：不，我爸媽來，就一起去了趟日本北部。因為我們國家一整年都很炎熱（所以就去了日本北部）。

女人暑假做了什麼？

1ばん　(155)（二）11回　P.124

女の人は家へ帰って、すぐ何をしますか。

F：仕事がおわりましたね。

M：ええ、おなかもすきましたね。早く帰りましょう。

F：うちへ帰ってご飯ですか。

M：ええ、今日はまっすぐ帰って、冷たいビールを飲んで、それから、ゆっくりご飯です。鈴木さんも家へ帰って、ビールでしょう？

F：私はビールを飲む前にお風呂にゆっくり入ります。それからテレビを見ながらご飯です。

女の人は家へ帰って、すぐ何をしますか。

女人回家之後會馬上做什麼？

女：工作結束了啊？
男：對啊！我肚子也餓了。趕快回家吧！
女：要回家吃飯嗎？

男：對啊！今天我要直接回家，喝冰啤酒，然後再悠閒地吃晚餐。鈴木小姐回家也會喝啤酒嗎？

女：我喝啤酒之前會先舒舒服服地泡個澡。然後再一邊看電視一邊吃飯。

女人回家之後會馬上做什麼？

男：我休假的時候，早上忙著打掃和洗衣服。下午就去買買東西，看個電影。

女：那下禮拜日要不要一起去看電影？

男：啊！不好意思。我下禮拜一有考試，所以星期日下午要在家念書。

女：這樣啊……。

男人下禮拜日下午要做什麼？

2 ばん 🎧156 （二）11 回 P.124

> 女の人と男の人が話しています。男の人は来週の日曜日の午後、何をしますか。
>
> F：ヤンさんは、休みの日はいつも何をしていますか。
>
> M：休みの日は朝から掃除と洗濯をします。そして、午後は、買い物をしたり、映画を見たりします。
>
> F：では、来週の日曜日、一緒に映画を見に行きませんか。
>
> M：あ、すみません。来週の月曜日はテストですから、日曜日の午後はうちで勉強します。
>
> F：そうですか…。
>
> 男の人は来週の日曜日の午後、何をしますか。

男女兩人正在交談。男人下禮拜日下午要做什麼？

女：楊先生休假的時候都做些什麼啊？

3 ばん 🎧157 （二）11 回 P.125

> 男の人と女の人が話しています。旅行で何に乗りますか。
>
> F：明日から旅行ね。
>
> M：まず飛行機に乗って、そのあと、電車とバス。
>
> F：何だか大変ね、飛行機のあと、タクシーで行かない？
>
> M：うーん、タクシーは高いから。
>
> F：じゃ、電車を降りてから、タクシーは？
>
> M：ああ、そうだね、そうしよう。
>
> 旅行で何に乗りますか。

男女兩人正在交談。兩人旅行時要搭乘何種交通工具？

女：明天就要去旅行了耶。

男：先是搭飛機，然後再搭電車和公車。

女：總覺得會很累呢！下飛機之後要不要搭計程車去？

男：唔，計程車太貴了。

女：那下電車之後再搭計程車？

男：喔！好啊！就這樣吧！

兩人旅行時要搭乘何種交通工具？

4 ばん 🎧 158 （二） 11 回 P.125

女 の 人 がバスの 話 をしていま
す。この 人 はどうしてバスによく
乗りますか。

F ： 私 はよくバスに 乗ります。
東 京 の 地下鉄や 電車は速く
て 便利ですが、 外をよく 見
たいときはゆっくり 走るバス
がいいですね。 忙 しいとき
はタクシーもいいですが、
ちょっと 高いですからあまり
乗りません。

女 の 人 はどうしてバスによく 乗
りますか。

女人正在談論公車。她為什麼經常搭公車？

女：我經常搭公車。東京的地下鐵和電車速度
很快，非常方便，不過當我想好好看看車
窗外的風景時，還是搭乘緩慢行駛的公車
較好。忙碌的時候搭計程車也不錯，不過
因為有點貴，所以我不常坐。

女人為什麼經常搭公車？

1. 因為想看看城鎮的風景。
2. 因為速度快，非常方便。
3. 因為她都沒錢。
4. 因為她一直都很忙。

5 ばん 🎧 159 （二） 11 回 P.126

男 の 人 と 女 の 人 が話していま
す。 男 の 人 は今朝、 何で会社に
来ましたか。

M ：おはようございます。

F ：おはようございます。いつも
バスで来ますか。

M ：いいえ、いつもは自転車です
が、 今日は雨が降っています
から。

F ：ああ、だからバスで。うちは
近いですか。

M ：ええ、まあ、歩いて 20 分ぐ
らいですが。

男 の 人 は今朝、 何で会社に来ま
したか。

男女兩人正在交談。男人今天早上是怎麼到公
司的？

男：早安。
女：早安。你都是搭公車來的嗎？
男：不是，我都是騎腳踏車來的，不過因為今
天下雨。
女：喔！所以才搭公車的啊！你家離公司很近
嗎？
男：對啊！走路大概 20 分鐘吧！

男人今天早上是怎麼到公司的？

1. 坐電車來的。
2. 騎腳踏車來的。
3. 坐公車來的。
4. 走路來的。

男の人と女の人が話しています。女の人はどうやって学校に来ますか。

M ： おはようございます。早いですね。いつもどうやって学校に来ますか。

F ： そうですね、家から駅までは自転車で。それから電車に乗って、次はバス。最後はここまで歩いて来ます。

女の人はどうやって学校に来ますか。

男女兩人正在交談。女人是怎麼到學校的？

男：早安。妳今天好早喔！妳平常都是怎麼來學校的啊？

女：唔，我都從家裡騎腳踏車到車站。再搭電車，然後再轉公車。最後再走到學校。

女人是怎麼到學校的？

女の人と男の人が話しています。男の人は毎日会社までどうやって行きますか。

F ： 毎日会社までどうやって行きますか。

M ： 駅まで自転車で行って、えー、それから、電車で南駅まで行きます。

F ： 南駅から会社までは歩いて行きますか。

M ： いいえ、少し遠いですからバスで行きます。

男の人は毎日会社までどうやって行きますか。

男女兩人正在交談。男人每天是如何到公司的？

女：你每天是怎麼到公司的？

男：我騎腳踏車到車站，然後再搭電車到南站。

女：從南站再走到公司嗎？

男：不是，因為距離有點遠，所以我都搭公車。

男人每天是如何到公司的？

2 ばん 🎧 162 （二）12 回　P. 127

> 男の人と女の人が話していま
> す。かぜの薬はどれですか。
>
> M：ハクション！ハクション！う
> 　　　おー、かぜの薬はどれ？
>
> F：ええっ、と、あっ、これは歯
> 　　　が痛いときに飲む薬、まだ
> 　　　開けてないわね。
>
> M：ハクション！
>
> F：で、これはおなかの薬、も
> 　　　う、少ししかない。
>
> M：ねえ、まだ？
>
> F：ちょっと待ってよ。ええと、
> 　　　この半分ぐらいのは、ええ、
> 　　　ああ、違う。
>
> M：ハクション！
>
> F：ああ、あった、あった、これ
> 　　　だ。
>
> M：ハクション！
>
> かぜの薬はどれですか。

男女兩人正在交談。哪一個是感冒藥？

男：哈揪！哈揪！感冒藥是哪一個？
女：唔……，這是牙痛時吃的藥，還沒拆封。
男：哈揪！
女：這個是肚子不舒服時吃的藥，只剩一點點
　　了。
男：妳還沒找到嗎？
女：你等一下啦！唔，這個剩下一半的是，
　　唔，啊！不對。
男：哈揪！
女：找到了，找到了。就是這個。

男：哈揪！

哪一個是感冒藥？

3 ばん 🎧 163 （二）12 回　P. 128

> 女の人と男の人が病院で話し
> ています。男の人の薬はどれで
> すか。
>
> F：この薬は寝る前に飲んでく
> 　　　ださい。
>
> M：はい。
>
> F：大きいのが2つと小さいのが
> 　　　3つです。
>
> M：はい。
>
> F：全部で5つです。
>
> M：ありがとうございます。
>
> 男の人の薬はどれですか。

男女兩人正在醫院交談。哪一個是男人的藥？

女：這份藥請你在睡前服用。
男：好。
女：大的2顆，小的3顆。
男：好。
女：總共5顆。
男：謝謝。

哪一個是男人的藥？

女の人と男の人が話しています。ひらがなを4つ並べています。どうなりましたか。

F ：あっ、できた。横に読むと「いす」と「とし」です。

M ：はい。

F ：上から下に読むと「すし」と「いと」です。

M ：ああ、できましたね。

どうなりましたか。

男女兩人正在交談。有4個平假名排列在一起。其排列出來的結果為何？

女：排列好了。橫向唸過來是「i-su」和「to-shi」。

男：好。

女：由上唸下來是「su-shi」和「i-to」。

男：哦！完成了耶。

其排列出來的結果為何？

女の人と男の人が話しています。名前はどうなりましたか。

F ：あれ、この名前違いますよ。「サイハラアイコ」じゃありません。「サイハラ」じゃなくて「アイハラ」です。

M ：ええ？

F ：「サ」ではなくて「ア」です。

M ：ああ、そうですか。

名前はどうなりましたか。

男女兩人正在交談。名字變成什麼？

女：咦？這個名字錯了喔！不是「SAIHARAAIKO」。不是「SAIHARA」，是「AIHARA」才對。

男：嗯？

女：不是「SA」，是「A」。

男：這樣啊！

名字變成什麼？

お父さんとお母さんが話しています。2人が見ている名前はどれですか。

M ：なんでうちの友子、名前ぐらい漢字で書かないんだ。

F ：でも、山中まで書いたんだから、いいじゃない。

M ：でもねえ。

2人が見ている名前はどれですか。

父母親兩人正在交談。兩人正在看的名字是哪一個？

男：為什麼我們家的友子，連名字都不寫漢字啊！

女：可是，她「山中」兩個字都寫了，沒關係啦！

男：可是……。

両人正在看的名字是哪一個？

（二）重點理解・第十三回

1ばん 🎧167 （二）13回 P.130

> 女の人が話しています。女の人はどれが欲しいと言っていますか。
>
> F ：すみません、その大きい箱を取ってください。カタカナで「ヤマダ」と書いてあるその箱です。
>
> 女の人はどれが欲しいと言っていますか。

女人正在講話。女人說她想要哪一個？

女：不好意思，請你幫我拿一下那個大箱子。用片假名寫著「YAMADA」的那個箱子。

女人說她想要哪一個？

2ばん 🎧168 （二）13回 P.130

> 男の人と女の人が話しています。店の名前はどれですか。
>
> F ：じゃあ、6時にレストランで。

> M ：あっ、レストランの名前は「みなみ」ですか。
>
> F ：はい。
>
> M ：ひらがなで「みなみ」ですか。
>
> F ：いえ、漢字で「南」です。
>
> 店の名前はどれですか。

男女兩人正在交談。哪一個是店名？

女：那就6點餐廳見囉。
男：啊！餐廳的店名是「MINAMI」嗎？
女：是。
男：是用平假名寫的「MINAMI」嗎？
女：不是，是漢字的「南」。

哪一個是店名？

3ばん 🎧169 （二）13回 P.131

> 男の人が話しています。明日はどんな天気になると言っていますか。
>
> M ：今日は1日雨が降って寒かったですね。明日は朝から天気がよくて、コートやセーターは要らないでしょう。
>
> 明日はどんな天気になると言っていますか。

男人正在講話。他說明天的天氣如何？

男：今天下了一整天的雨，天氣很冷。明天從早上開始天氣就會很好，不需要穿外套和毛衣。

他說明天的天氣如何？

1. 下雨，天氣會變暖和。
2. 下雨，天氣會變冷。
3. 晴天，天氣會變暖和。
4. 晴天，天氣會變冷。

4 ばん 🎧170 （二）13 回 P.131

男 の人が話しています。明日の午後の天気はどうなりますか。午後の天気です。

M ：今日はとても 暖 かい1日でしたね。明日は1日風が強いでしょう。朝は晴れますが、午後から雨になるでしょう。

明日の午後の天気はどうなりますか。

男人正在講話。明天下午的天氣如何？是下午的天氣。

男：今天一整天天氣都很溫暖。明天一整天風勢都很強勁。早上是晴天，下午之後會下雨。

明天下午的天氣如何？

5 ばん 🎧171 （二）13 回 P.132

男 の人と 女 の人が話しています。明日の天気は、どうなりますか。

M ：よく雨が降りますね。明日も雨でしょうか。

F ：いま、新聞を見ています。雨ですね。…あ、ちがった、これはあさってだ。明日は、朝は曇りですが、午後は晴れますね。

M ：そうですか。

明日の天気は、どうなりますか。

男人和女人正在講話。明天天氣如何？

男：雨下真大。明天也是下雨嗎？
女：我現在在看報紙。下雨啊！不，不是，這是後天的。明天早上是陰天，下午放晴。
男：這樣啊！

明天天氣如何？

6 ばん 🎧172 （二）13 回 P.132

男 の人と 女 の人が話しています。 男 の人はどうして写真を撮りませんでしたか。

M ：先 週 の日曜日、旅行に行きました。

F ：いいですねえ。写真は撮りましたか。

M ：いいえ、撮りませんでした。撮りたかったんですが。

F ：カメラを忘れたんですか。

M ：いえ、実はメモリカードをね。

F ：あんなに天気がよかったのに、残念でしたね。

男の人はどうして写真を撮りませんでしたか。

男女兩人正在交談。男人為何沒有拍照？

男：上個星期日我去旅行了。
女：好棒喔！有拍照嗎？
男：沒有，沒有拍。我本來很想拍的。
女：忘了帶相機？
男：不是，是忘記帶記憶卡了。
女：天氣那麼好，好可惜喔！

男人為何沒有拍照？

1. 因為天氣不好。
2. 因為沒有相機。
3. 因為沒有記憶卡。
4. 因為不想拍照。

(三) 發話表現・第一回

1 ばん 🎧174 （三）1回　P.133

公園を散歩しています。友達と一緒に休みたいです。何と言いますか。

1. あまり休みません。
2. 今、休んでいますか。
3. 少し休みましょう。

在公園散步，想要和朋友一起休息一下。要說什麼？

1. 不太休息。
2. 現在正在休息嗎？
3. 我們休息一下吧！

2 ばん 🎧175 （三）1回　P.134

お昼ご飯を一緒に食べたいです。何と言いますか。

1. お昼ご飯をどうぞ。
2. 一緒に食べませんか。
3. お昼ご飯はけっこうです。

想和朋友一起吃午餐，要說什麼？

1. 午餐，請用。
2. 一起吃嗎？
3. 午餐不用了。

3 ばん 🎧176 （三）1回 P.134

図書館で本を借ります。何と言いますか。

1. 本を借りたいんですけど。
2. 本をどうぞ。
3. ここの本はどうですか。

在圖書館裡借書。要說什麼？

1. 我想要借書。
2. 書，給你。
3. 這裡的書，如何？

4 ばん 🎧177 （三）1回 P.135

知らない人がドアを開けてくれました。何と言いますか。

1. はい、いいですよ。
2. お先に失礼します。
3. どうも、すみません。

不認識的人幫自己開門。要說什麼？

1. 好的，可以的。
2. 我先離開了。
3. 謝謝，不好意思。

5 ばん 🎧178 （三）1回 P.135

前に車があります。友だちは前を見ていません。何と言いますか。

1. 見ませんよ。
2. 危ないですよ。
3. 痛いですよ。

前面有車子，朋友沒有看前面。要說什麼？

1. 我沒看喔。
2. 危險喔。
3. 好痛喔。

（三）發話表現・第二回

1 ばん 🎧179 （三）2回 P.136

一緒に写真を撮りたいです。何と言いますか。

1. 写真をもらいます。
2. こちらを撮ってください。
3. 一緒に写真を撮りましょうか。

想一起拍照。要說什麼？

1. 收到照片。
2. 請拍這裡。
3. 我們一起拍照吧。

2 ばん 🎧 180 （三）2 回 P.136

持_もっている荷物_{にもつ}が重_{おも}そうです。何_{なん}と言_いいますか。

1. この荷物_{にもつ}は重_{おも}いです。
2. あのう、持_もちましょうか。
3. 少_{すこ}し手伝_{てつだ}ってください。

拿的東西好像很重。要說什麼？

1. 這個包裹很重。
2. 嗯，我來拿吧！
3. 請幫忙一下。

3 ばん 🎧 181 （三）2 回 P.137

暑_{あつ}いので窓_{まど}を開_あけたいです。何_{なん}と言_いいますか。

1. とても暑_{あつ}かったです。
2. 窓_{まど}を開_あけてもいいですか。
3. 窓_{まど}を開_あけました。

因為炎熱而想開窗戶。要說什麼？

1. 非常炎熱。
2. 我可以開窗嗎？
3. 打開窗戶了。

4 ばん 🎧 182 （三）2 回 P.137

レストランで注文_{ちゅうもん}したジュースが来_きません。長_{なが}い時間_{じかん}待_まってます。店_{みせ}の人_{ひと}に何_{なん}と言_いいますか。

1. ジュースを持_もって来_きますよ。
2. ジュースはまだですか。
3. ジュースを飲_のみませんか。

在餐廳裡點的果汁沒有送來，等了很長時間。要對店裡的人說什麼？

1. 我會拿果汁來喔。
2. 果汁還沒好嗎？
3. 要不要喝果汁？

5 ばん 🎧 183 （三）2 回 P.138

八百屋_{やおや}でりんごを五_{いつ}つ買_かいます。何_{なん}と言_いいますか。

1. りんごはいつありますか。
2. りんごを五_{いつ}つ、お願_{ねが}いします。
3. りんご五_{いつ}つで 1000 円_{えん}です。

在蔬果店買 5 個蘋果。要說什麼？

1. 什麼時候會有蘋果？
2. 我要 5 個蘋果。
3. 蘋果 5 個一千元。

1 ばん 🎧184 (三) 3回 P.139

ご飯を食べた後、何と言いますか？

1. こんにちは。
2. いただきます。
3. ごちそうさまでした。

吃飯後，要說什麼？

1. 午安。
2. 開動。
3. 我吃飽了。

2 ばん 🎧185 (三) 3回 P.139

友だちと6時に待ち合わせをしていました。何と言いますか。

1. お待ちしました。
2. お待たせしました。
3. お待ちください。

跟朋友約在6點，要說什麼？

1. 我等了。
2. 讓你久等了。
3. 請等一下。

3 ばん 🎧186 (三) 3回 P.140

お父さんが出かけます。何と言いますか。

1. いってきます。
2. いってらっしゃい。
3. いってまいります。

爸爸正要出門。這時要說什麼？

1. 我出門了。
2. （您慢走）路上小心。
3. 我走了。

4 ばん 🎧187 (三) 3回 P.140

朝、学校の先生に会いました。何と言いますか？

1. さようなら。
2. おはようございます。
3. こんばんは。

早上碰到了學校老師，要說什麼？

1. 再見。
2. 早安。
3. 晚安。

5 ばん 🎧188 (三) 3回 P.141

グラスを倒しました。何と言いますか。

1. こちらこそ。
2. ごめんください。
3. ごめんなさい。

弄倒玻璃杯了。這時要說什麼？

1. 彼此彼此。
2. 打擾了。
3. 對不起。

（三）發話表現・第四回

1 ばん 🎧189 （三）4 回　P. 142

授業が終わって、教室を出ます。何と言いますか。

1. では、今から。
2. じゃあ、また。
3. 次、どうぞ。

下課走出教室。要說什麼呢？

1. 那麼，從現在開始。
2. 那麼，再見。
3. 下一個，請。

2 ばん 🎧190 （三）4 回　P. 142

ご飯を食べています。何と言いますか？

1. けっこうです。
2. おいしかったです。
3. おいしいです。

正在吃飯，要說什麼？

1. 不用了。
2. 好吃。
3. 好吃。

3 ばん 🎧191 （三）4 回　P. 143

プレゼントをもらいました。何と言いますか？

1. ありがとうございます
2. ごめんなさい
3. どうぞ

收到禮物，要說什麼？

1. 謝謝。
2. 對不起。
3. 請用。

4 ばん 🎧192 （三）4 回　P. 143

お父さんが家へ帰りました。何と言いますか？

1. ただいま。
2. おかえりなさい。
3. おじゃましました。

父親回到家了，要說什麼？

1. 我回來了。
2. 您回來了啊！
3. 打擾了。

5 ばん 🎧193 （三）4 回　P. 144

今から出かけます。何と言いますか？

1. いってきます
2. いってらっしゃい
3. おかえりなさい

現在要出門，要說什麼？

1. 我走了。
2. 慢走。
3. 您回來了啊！

㈢ 發話表現・第五回

1 ばん 194 （三）5回 P.145

ケーキをプレゼントします。何と言いますか？

1. これ、ありがとうございます。
2. これ、おねがいします。
3. これ、どうぞ。

送蛋糕當禮物，要說什麼？

1. 這個，謝謝。
2. 這個，麻煩你。
3. 這個，請收下。

2 ばん 195 （三）5回 P.145

先生の部屋に入ります。何と言いますか？

1. 失礼します。
2. はじめまして。
3. お元気ですか？

進到老師的房裡，要說什麼？

1. 打擾了。
2. 初次見面。
3. 您好嗎？

3 ばん 196 （三）5回 P.146

先生の部屋を出ます。何と言いますか？

1. 失礼します。
2. 失礼しました。
3. よろしいですか？

離開老師的房間，要說什麼？

1. 失禮。
2. 告辭了。
3. 可以嗎？

4 ばん 197 （三）5回 P.146

会社で人に会いました。何と言いますか？

1. 誰ですか？
2. おめでとう。
3. はじめまして、山田です。

在公司與人見面，要說什麼？

1. 你是誰？
2. 恭禧！
3. 初次見面，敝姓山田。

5 ばん 198 （三）5回 P.147

本が読みたいです。何と言いますか？

1. その本、取りましょうか？
2. その本、取ってください。
3. その本、読んでください。

想看書，要說什麼？

1. 我拿那本書吧！
2. 請拿那本書。
3. 請讀那本書。

㊂ 發話表現・第六回

1 ばん 〔199〕（三）6回 P.148

鉛筆を使いたいです。何と言いますか？

1. この鉛筆、いくらですか？
2. この鉛筆、貸してください。
3. この鉛筆、買ってもいいですか？

想用鉛筆，要說什麼？

1. 這個鉛筆多少錢？
2. 請借我這個鉛筆。
3. 我可以買這個鉛筆嗎？

2 ばん 〔200〕（三）6回 P.148

タクシーで駅に着きました。何と言いますか。

1. 近くの駅まで、お願いします。
2. どの駅まで行きますか。
3. ここで降ります。

搭計程車到了車站，要說什麼？

1. 麻煩你，我要到附近車站。
2. 要到哪個車站呢？
3. 我要在這裡下車。

3 ばん 〔201〕（三）6回 P.149

買い物をしています。何と言いますか？

1. あのかばん、見てください。
2. あのかばん、見せてください。
3. あのかばん、見ますか？

正在購物，要說什麼？

1. 請看那個包包。
2. 請讓我看那個包包。
3. 要看那個包包嗎？

4 ばん 〔202〕（三）6回 P.149

寒いです。何と言いますか？

1. 窓、閉めてくれませんか？
2. 窓、閉めません。
3. 窓、どうですか？

很冷，要說什麼？

1. 幫我關窗好嗎？
2. 不關窗。
3. 窗子怎麼樣？

5 ばん 〔203〕（三）6回 P.150

窓を閉めたいです。何と言いますか？

1. 窓、閉めました。
2. 窓、閉めてもいいですか？
3. 窓、閉めないでください。

想關窗，要說什麼？

1. 窗戶關了。
2. 可以關窗嗎？
3. 請不要關窗。

(三) 發話表現・第七回

1 ばん 🎧204 (三) 7回 P.151

郵便局へ行きたいです。何と言いますか？

1. 郵便局はいいですか？
2. 郵便局はどうですか？
3. 郵便局はどこですか？

想去郵局，要說什麼？

1. 郵局可以嗎？
2. 郵局怎麼樣？
3. 郵局在哪？

2 ばん 🎧205 (三) 7回 P.151

友達のメールアドレスを知りたいです。何と言いますか？

1. メールアドレスを教えてください。
2. メールアドレスを見てください。
3. メールアドレスを聞いてください。

想知道朋友的 E-mail，要說什麼？

1. 請告訴我 E-mail。
2. 請看 E-mail。
3. 請問 E-mail。

3 ばん 🎧206 (三) 7回 P.152

タクシーに乗りました。何と言いますか？

1. 横浜駅はここですか？
2. 横浜駅までお願いします
3. 横浜駅へ行きますか？

搭計程車，要說什麼？

1. 這裡是橫濱車站嗎？
2. 麻煩到橫濱車站。
3. 要去橫濱車站嗎？

4 ばん 🎧207 (三) 7回 P.152

バスに乗ります。何と言いますか？

1. 神奈川大学へ行きましょう。
2. 神奈川大学はどこですか？
3. 神奈川大学へ行きますか？

搭公車，要說什麼？

1. 去神奈川大學吧！
2. 神奈川大學在哪？
3. 有到神奈川大學嗎？

5 ばん 208 (三) 7 回 P. 153

友達をさそいます。何といいますか。

1. 映画を見に行きませんか。
2. 映画を見てください。
3. 映画を見ませんよ。

邀朋友，要說什麼？

1. 要不要去看電影？
2. 請看電影。
3. 不看電影喔！

(三) 發話表現・第八回

1 ばん 209 (三) 8 回 P. 154

図書館はどこか、わかりません。何といいますか。

1. 図書館へいつ行きますか。
2. 図書館はどこですか。
3. 図書館に何がありますか。

不知道圖書館在哪裡，要說什麼？

1. 什麼時候要去圖書館？
2. 圖書館在哪？
3. 圖書館有什麼？

2 ばん 210 (三) 8 回 P. 154

ここで食べたいです。何といいますか。

1. ここ、いいですか。
2. いすに座ってください
3. これが食べたいです。

要在這裡吃，要說什麼？

1. 這個位置可以坐嗎？
2. 請坐在椅子上。
3. 我想吃這個。

3 ばん 211 (三) 8 回 P. 155

コーヒーを出します。何と言いますか。

1. コーヒー、お願いします。
2. コーヒー、おいしいですか。
3. コーヒー、どうぞ。

端出咖啡，要說什麼？

1. 麻煩，咖啡。
2. 咖啡好喝嗎？
3. 請用咖啡。

4 ばん 🎧212 （三）8回 P.155

雨です。友だちに傘を貸します。何と言いますか。

1. これ、借りましょうか。
2. これ、お願いします。
3. これ、使ってください。

下雨了，借傘給朋友，要說什麼？

1. 這個借我吧？
2. 這個麻煩你了。
3. 請用這個。

5 ばん 🎧213 （三）8回 P.156

探している本がありません。店員に何と言いますか。

1. この本を読んでもいいですか。
2. この本はどこにありますか。
3. この本を買いましょう。

找不到要的書，要跟店員說什麼？

1. 可以讀這本書嗎？
2. 這本書在哪裡？
3. 買這本書吧！

(四) 即時應答・第一回

1 ばん 🎧215 （四）1回 P.157

F：ありがとうございます。

M： 1. はい、どうぞ。
    2. どういたしまして。
    3. いいえ、そうですね。

女：謝謝。
男：1. 請。
    2. 不客氣。
    3. 不，說得也是。

2 ばん 🎧216 （四）1回 P.157

F：どうぞよろしくお願いします。

M：1. こちらこそ。
   2. いいえ、そうじゃありません。
   3. はい、そうですね。

女：請多多關照。
男：1. 彼此彼此。
    2. 不，不是那樣的。
    3. 對啊！說得也是。

3 ばん 🎧217 （四）1 回　P. 157

F：コーヒー、どうぞ。

M：1. ありがとうございます。
　　2. 失礼します。
　　3. よろしくお願いします。

女：請用咖啡。
男：1. 謝謝。
　　2. 失禮了。
　　3. 麻煩你。

4 ばん 🎧218 （四）1 回　P. 157

F：今日は寒いですね。

M：1. いいえ、寒いですね。
　　2. ええ、寒いですね。
　　3. ええ、寒くなかったですね。

女：今天真冷。
男：1. 不，好冷。
　　2. 嗯，好冷。
　　3. 嗯，不冷。

5 ばん 🎧219 （四）1 回　P. 157

F：これ、つまらないものです
　　が、どうぞ。

M：1. つまらなかったですよ。
　　2. ごくろうさまです。
　　3. まあ、どうもありがとうご
　　　ざいます。

女：一點點小意思。
男：1. 好無聊哦！
　　2. 辛苦了。
　　3. 這真是謝謝你了。

6 ばん 🎧220 （四）1 回　P. 157

F：いい天気ですね。

M：1. ええ、いいですよ。どう
　　　ぞ。
　　2. いいえ、ちょっと…。
　　3. そうですね、本当にいい天
　　　気ですね。

女：天氣真好。
男：1. 嗯，好啊！請。
　　2. 不，有一點……。
　　3. 對啊！真是好天氣。

(四) 即時應答・第二回

1 ばん　(221) (四) 2 回　P.157

F：お元気ですか？

M：1. はい、元気です。

　　2. はい、そうです。

　　3. はい、元気じゃありませ
　　　ん。

女：你好嗎？
男：1. 是，很好。
　　2. 對啊！
　　3. 是，不好。

2 ばん　(222) (四) 2 回　P.157

F：どのぐらい日本語を勉強しま
　　したか？

M：1. 大学で勉強しました。
　　2. 半年勉強しました。
　　3. いいえ、勉強したくないで
　　　す。

女：日文學多久了呢？
男：1. 在大學學的。
　　2. 學半年了。
　　3. 不，不想學。

3 ばん　(223) (四) 2 回　P.157

F：日本語、お上手ですね。

M：1. はい、上手じゃありませ
　　　ん。

　　2. いいえ、まだまだです。

　　3. はい、難しいです。

女：您的日文程度很好。
男：1. 是，不好。
　　2. 不……不，還好而已。
　　3. 是的，很難。

4 ばん　(224) (四) 2 回　P.157

F：かぜ、大丈夫ですか？

M：1. ええ、かぜです。

　　2. ええ、寒いです。

　　3. ええ、おかげさまで。

女：感冒還好嗎？
男：1. 是的，是感冒。
　　2. 是的，很冷。
　　3. 是的，託您的福。

5 ばん　(225) (四) 2 回　P.157

F：明日 6 時に来てください。

M：1. はい、わかりました。

　　2. はい、そうです。

　　3. はい、来ました。

女：明天請 6 點的時候來。
男：1. 好的，我知道了。
　　2. 是的。
　　3. 是的，來了。

6 ばん 🎧226 （四）2 回　P.157

F：この本、見せてください。

M：1. はい、見ましょう。
　　2. はい、どうぞ。
　　3. いいえ、見ません。

女：請給我看這本書。
男：1. 好的，一起看吧！
　　2. 請看。
　　3. 不，不看。

（四）即時應答・第三回

1 ばん 🎧227 （四）3 回　P.157

F：今から映画を見ませんか？

M：1. ええ、見ましょう。
　　2. ええ、見てください。
　　3. ええ、どうぞ。

女：等一下要不要去看電影？
男：1. 嗯，去看吧！
　　2. 嗯，請看。
　　3. 嗯，請。

2 ばん 🎧228 （四）3 回　P.157

F：コーヒーはいかがですか？

M：1. ええ、おいしいです。
　　2. コーヒーはちょっと…。
　　3. コーヒーは苦いです。

女：要不要喝咖啡？
男：1. 嗯，好喝！
　　2. 咖啡我不太……。
　　3. 咖啡是苦的。

3 ばん 🎧229 （四）3 回　P.157

F：ドア、閉めましょうか？

M：1. はい、閉めません。
　　2. はい、お願いします。
　　3. はい、そうです。

女：門關起來好嗎？
男：1. 是，不關。
　　2. 是，麻煩你。
　　3. 是的，沒錯。

4 ばん 🎧230 （四）3 回　P.157

F：音楽を聞いてもいいですか？

M：1. ええ、どうぞ。
　　2. いいえ、聞きません。
　　3. はい、音楽です。

女：可以聽音樂嗎？
男：1. 好，請！
　　2. 不，不聽。
　　3. 是，是音樂。

5 ばん 🎧231 （四）3 回　P. 157

F：もう一杯どうですか？

M：1. けっこうです。
　　2. いいえ、一杯です。
　　3. もう飲みました。

女：再一杯，如何？
男：1. 不用了！
　　2. 不，一杯。
　　3. 已經喝過了。

6 ばん 🎧232 （四）3 回　P. 157

F：鈴木先生を知っていますか？

M：1. ええ、知ります。
　　2. ええ、知っています。
　　3. ええ、先生です。

女：您認識鈴木老師嗎？
男：1. 嗯，知道！
　　2. 嗯，認識！
　　3. 嗯，是老師。

(四) 即時應答・第四回

1 ばん 🎧233 （四）4 回　P. 157

F：そろそろ失礼します。

M：1. いいえ、失礼ではありませ
　　　んよ。
　　2. はい、どうぞごゆっくり。
　　3. まだいいじゃありません
　　　か。

女：我該走了。
男：1. 不，不會失禮。
　　2. 是，請慢走。
　　3. 時間還早嘛！

2 ばん 🎧234 （四）4 回　P. 157

F：トイレはどこですか？

M：1. そうです。
　　2. あそこです。
　　3. どうぞ。

女：廁所在哪裡？
男：1. 是的！
　　2. 在那裡！
　　3. 請。

3 ばん 🎧235 (四) 4回 P.157

F：夏休み、どこへ行きますか？

M：1. はい、行きます。
　　2. ハワイへ行きました。
　　3. 日本へ行きます。

女：暑假你要去哪裡？
男：1. 是，要去！
　　2. 去了夏威夷。
　　3. 去日本。

4 ばん 🎧236 (四) 4回 P.157

F：この財布、あなたのですか？

M：1. ええ、私のです。
　　2. 鈴木さんのはあれです。
　　3. はい、あなたのです。

女：這個錢包是你的嗎？
男：1. 是，是我的。
　　2. 鈴本的是那個。
　　3. 嗯，是你的。

5 ばん 🎧237 (四) 4回 P.157

F：失礼ですが、おいくつです
　か？

M：1. はつかです。
　　2. はたちです。
　　3. ようかです。

女：不好意思，請問你幾歲？
男：1. 20日。
　　2. 20歲。
　　3. 8日。

6 ばん 🎧238 (四) 4回 P.157

F：昼ごはん、もう食べました
　か？

M：1. ええ、まだです。
　　2. ええ、食べましょう。
　　3. ええ、もう食べました。

女：午飯吃過了嗎？
男：1. 是，還沒！
　　2. 是，一起吃吧！
　　3. 是，已經吃過了。

(四) 即時應答・第五回

1 ばん 🎧239 (四) 5回 P.157

F：　もう宿題をしましたか？

M：1. いいえ、まだです。
　　2. いいえ、もうしませんでし
　　　た。
　　3. いいえ、宿題じゃありませ
　　　んでした。

女：功課寫好了嗎？
男：1. 不，還沒！
　　2. 不，已經不做。
　　3. 不，不是功課。

2 ばん 🎧240 （四）5回　P.157

F：誕生日はいつですか？

M：1. 6月28日です。
　　2. 6時28分です。
　　3. 毎月28日です。

女：生日是什麼時候？
男：1. 是6月28日。
　　2. 是6點28分。
　　3. 每個月28日。

3 ばん 🎧241 （四）5回　P.157

F：今、何時ですか？

M：1. 4時間です。
　　2. 4時までです。
　　3. 4時半です。

女：現在幾點呢？
男：1. 4個小時。
　　2. 到4點。
　　3. 4點半。

4 ばん 🎧242 （四）5回　P.157

F：お名前は？

M：1. 38歳です。
　　2. 木村です。
　　3. ひとりです。

女：您貴姓？
男：1. 38歲。
　　2. 木村。
　　3. 一個人。

5 ばん 🎧243 （四）5回　P.157

F：お出かけですか？

M：1. ええ、ちょっとそこまで。
　　2. はい、もう書きました。
　　3. どこですか？

女：要出去嗎？
男：1. 是的，去那裡一下。
　　2. 是，已經寫了。
　　3. 在哪裡？

6 ばん 🎧244 （四）5回　P.157

F：レポートはいつまでですか？

M：1. 3枚です。
　　2. 木曜日までです。
　　3. 来週からです。

女：報告到什麼時候？
男：1. 3張。
　　2. 到禮拜四。
　　3. 從下禮拜開始。

（四）即時應答・第六回

1 ばん 🎧245 （四）6回　P.157

F：兄弟は何人いますか。

M：1. 京都にいます。
　　2. 二人です。
　　3. あにば医者です。

女：有幾位兄弟姐妹呢？
男：1. 在京都。
　　2. 兩個。
　　3. 我哥哥是醫生。

2 ばん 🎧246 （四）6回　P.157

F：お仕事は何ですか。

M：1. 銀行の前です。
　　2. 9時からです。
　　3. 会社員です。

女：您的工作是什麼呢？
男：1. 在銀行前面。
　　2. 9點開始。
　　3. 是公司職員。

3 ばん 🎧247 （四）6回　P.157

F：日本へいつ来ましたか。

M：1. 日本語の勉強に来ました。
　　2. 友だちと来ました。
　　3. 去年の3月です。

女：你是什麼時候來到日本的呢？
男：1. 為了學日文來的。
　　2. 跟朋友來的。
　　3. 去年3月。

4 ばん 🎧248 （四）6回　P.157

F：昨日どこかへ行きましたか。

M：1. 図書館はあそこです。
　　2. どこへも行きませんでした。
　　3. 東京から来ました。

女：昨天有去哪裡呢？
男：1. 圖書館在那裡。
　　2. 哪裡都沒去。
　　3. 從東京來的。

5 ばん 🎧249 （四）6回　P.157

F：今日はパーティーですね。
　コップはいくついりますか。

M：1. 10歳です。
　　2. 10円です。
　　3. 10個です。

女：今天要開宴會，需要幾個杯子呢？
男：1. 10歲。
　　2. 10塊錢。
　　3. 10個。

6 ばん 🎧250 （四）6回　P.157

F：日曜日、映画を見に行きませんか。

M：1. どうして行きませんか。
　　2. 日本の映画です。
　　3. どんな映画ですか。

女：禮拜日要不要去看電影？
男：1. 為什麼不去？
　　2. 日本電影。
　　3. 是什麼樣的電影？

(四) 即時應答・第七回

1 ばん 🎧251 （四）7回　P.157

F：どうして会社を休みました
　　か。

M：1. かぜをひきましたから。
　　2. 会社は9時から5時まで
　　　です。
　　3. いいえ、会社は休みません。

女：為什麼沒有去上班？
男：1. 因為感冒了。
　　2. 公司從9點到5點。
　　3. 不，公司沒放假。

2 ばん 🎧252 （四）7回　P.157

F：もしもし、鈴木さんのお宅で
　　すか。

M：1. はい、お宅です。
　　2. はい、そうですが…。
　　3. はい、留守です。

女：喂，請問是鈴木家嗎？
男：1. 是的，是府上。
　　2. 是，沒錯……。
　　3. 是，不在家。

3 ばん 🎧253 （四）7回　P.157

F：京都ははじめてですか。

M：1. はい、はじめてです。
　　2. はい、はじめました。
　　3. いいえ、半年です。

女：第一次到京都嗎？
男：1. 是的，第一次。
　　2. 是，開始了。
　　3. 不，是半年。

4 ばん 🎧254 （四）7回　P.157

F：テーブルに何がありますか。

M：1. テーブルはあちらです。
　　2. テーブルの上です。
　　3. ざっしがあります。

女：桌子上有什麼？
男：1. 桌子在那邊。
　　2. 桌子的上面。
　　3. 有雜誌。

5 ばん 🎧255 （四）7回　P.157

F：すみません、鈴木先生はいま
　　すか。

M：1. はい、いきました。
　　2. いいえ、うちへ帰りまし
　　　た。
　　3. いいえ、鈴木先生はいいま
　　　せん。

女：對不起，請問鈴木老師在嗎？
男：1. 是，去了。
　　2. 不在，回家了。
　　3. 不，鈴木老師沒說。

6 ばん 🎧256 （四）7回　P.157

F：ボールペンはどこにありましたか。

M：1. どこもありません。
　　2. どこにもありませんでした。
　　3. いいえ、ありませんでした。

女：原子筆在哪？
男：1. 哪裡都沒有。
　　2. 哪裡都沒有。
　　3. 不，沒有。

（四）即時應答・第八回

1 ばん 🎧257 （四）8回　P.157

F：どの人が橋本さんのお父さんですか。

M：1. 父は背が低いです。
　　2. 背が高くないです。
　　3. あそこにめがねをかけている人です。

女：哪一位是橋本先生的父親？
男：1. 我父親個子矮。
　　2. 高子不高。
　　3. 那邊戴著眼鏡的人。

2 ばん 🎧258 （四）8回　P.157

F：どんな服が好きですか。

M：1. はい、服が好きです。
　　2. この服はちょっと…。
　　3. 地味な服が好きです。

女：喜歡什麼樣的衣服？
男：1. 是，喜歡衣服。
　　2. 這個衣服有點……。
　　3. 喜歡樸素的衣服。

3 ばん 🎧259 （四）8回　P.157

F：よくデパートへ行きますか。

M：1. はい、よく行きます。
　　2. いいえ、よく行きません。
　　3. たくさん行きます。

女：常去百貨公司嗎？
男：1. 是，常去。
　　2. 不，很常不去。
　　3. 去很多。

女：您最想要的是什麼？
男：1. 想要電腦。
　　2. 希望桌子上。
　　3. 想買給媽媽。

4 ばん 🎧 260 （四）8 回　P. 157

F：どうやって会社に来ますか。

M：1. どうでしょう。
　　2. 電車で来ます。
　　3. 一人で来ました。

女：你怎麼來公司的呢？
男：1. 怎麼樣呢？
　　2. 搭電車來的。
　　3. 我一個人來。

5 ばん 🎧 261 （四）8 回　P. 157

F：旅行はどうでしたか。

M：1. 楽しいです。
　　2. 楽しかったです。
　　3. 楽しみです。

女：旅行如何？
男：1. 會玩得很開心。
　　2. 玩得很開心。
　　3. 很期待。

6 ばん 🎧 262 （四）8 回　P. 157

F：何が一番ほしいですか。

M：1. パソコンがほしいです。
　　2. 机の上がいいです。
　　3. 母に買いたいです。

解答

問題（一）

	1	2	3	4	5	6	7
第一回	2	1	3	3	2	2	3
第二回	4	3	1	1	1	1	4
第三回	2	4	4	4	4	2	2
第四回	2	1	3	4	4	2	2
第五回	3	1	4	3	4	3	2
第六回	3	2	2	4	3	4	4
第七回	4	1	3	2	4	4	1
第八回	4	3	3	3	1	4	3

問題（二）

	1	2	3	4	5	6
第一回	4	4	4	1	3	4
第二回	2	3	3	2	4	4
第三回	2	3	1	2	4	1
第四回	2	2	4	1	2	3
第五回	2	4	4	2	3	1
第六回	2	3	1	2	3	1
第七回	2	2	4	4	3	2
第八回	1	3	3	3	2	1
第九回	1	3	4	1	2	4
第十回	1	3	3	4	4	1
第十一回	2	2	4	1	3	1
第十二回	2	3	4	2	1	4

問題（二）	第十三回	1	2	3	4	5	6
		1	1	3	4	4	3

問題（三）	第一回	1	2	3	4	5
		3	2	1	3	2
	第二回	1	2	3	4	5
		3	2	2	2	2
	第三回	1	2	3	4	5
		3	2	2	2	3
	第四回	1	2	3	4	5
		2	3	1	2	1
	第五回	1	2	3	4	5
		3	1	2	3	2
	第六回	1	2	3	4	5
		2	3	2	1	2
	第七回	1	2	3	4	5
		3	1	2	3	1
	第八回	1	2	3	4	5
		2	1	3	3	3

問題（四）	第一回	1	2	3	4	5	6
		2	1	1	2	3	3
	第二回	1	2	3	4	5	6
		1	2	2	3	1	2
	第三回	1	2	3	4	5	6
		1	2	2	1	1	2
	第四回	1	2	3	4	5	6
		3	2	3	1	2	3
	第五回	1	2	3	4	5	6
		1	1	3	2	1	2
	第六回	1	2	3	4	5	6
		2	3	3	2	3	3
	第七回	1	2	3	4	5	6
		1	2	1	3	2	2
	第八回	1	2	3	4	5	6
		3	3	1	2	2	1